双葉文庫

照れ降れ長屋風聞帖【三】

遠雷雨燕

坂岡真

目次

※本書は2005年6月に小社より刊行された作品に
加筆修正を加えた「新装版」です。

青緡五貫文《あおざしごかんもん》

一

文政《ぶんせい》五年（一八二二）、弥生晦日《やよいみそか》。

朝未《あさまだ》き海原《うなばら》の風は冷たい。

渡し船は張りつめた海面に水脈《みお》を曳き、巽《たつみ》の方角へむかった。

「船頭さんよ、今日の空模様はいかがなものかな」

「まあまあですわ」

「客の出足はどうだい」

「まあまあですわ」

金兵衛《きんべえ》が福々しい顔で笑いかけても、潮焼けした船頭は無愛想に応じるだけだ。器用に櫓《ろ》を操りながら目尻に皺《しわ》をつくり、陽も射していないのに眩《まぶ》しげな眼差《まなざ》しをする。

はなしの接《つ》ぎ穂《ほ》を失い、金兵衛は肩をすくめてみせる。

三左衛門《さんざえもん》は欠伸《あくび》を嚙《か》みころし、仄暗《ほのぐら》い東涯《とうがい》に目を遣《や》った。

行く手にあるはずの島影は闇に溶け、いまだ輪郭《りんかく》をあらわしていない。

――海釣りに出掛けませぬか。

昨晩は投句《とうく》の会にかこつけ、柳橋《やなぎばし》の『夕月楼《ゆうづきろう》』で久しぶりに夜遅くまで痛飲した。半刻《はんとき》（一時間）ばかりうたた寝して起きると、主人の金兵衛が手甲脚絆《てっこうきゃはん》に簑《みの》まで纏《まと》い、件《くだん》の科白《せりふ》を吐いたのだ。

魚河岸を背にする照降町《てりふりちょう》の九尺店《くしゃくだな》では、おまつと数えで八つになる娘のおすずが眠りながらも三左衛門の帰宅を待っていた。衣更《ころもがえ》の仕度《したく》もあるので、なるたけ早く帰ってきてほしいといわれていたのだ。

おまつは仲人《なこうど》稼業の「十分一屋《じゅうぶいちや》」を営む一家の米櫃《こめびつ》、内職浪人の三左衛門は食わせてもらっている身分なので、深酒泥酔朝帰りのたぐいは厳に慎まねばならない。

日の出前に帰宅すれば、まだ赦《ゆる》してもらえる余地はあった。這《は》ってでも帰らねばならぬとおもいながらも、三度の飯より好きな釣りの誘惑に負けてしまった。

金兵衛と同様に簑笠をつけ、丑《うし》ノ八つ半（午前三時）には柳橋を出立《しゅったつ》した。鉄《てっ》砲洲稲荷《ぼうずいなり》の南岸から渡し船に乗ったのが寅《とら》ノ七つ（同四時）ごろ、それから小半刻（三十分）は経っていようか。

舟のほどよい揺れが眠気を誘い、気を抜けば水底《みなそこ》へ吸いこまれそうになる。

いや、すでに三左衛門は昏《くら》い水底を泳ぎまわり、銀色の鱗《うろこ》を煌《きら》めかせた一尾の魚を追っていた。

是が非でも捉《つか》まえんと欲し、ずんずん深みへ潜ってゆく。

――いますこしだ、たのむ、じっとしておれ。

重い水を掻《か》きわけ、鼻先に迫った背鰭《せびれ》にがぶっと嚙みついた。

その途端、息ができぬことに気づかされた。

――ぶはっ、す、助《す》けてくれ。

必死に藻掻《もが》いていると、誰かに髷《まげ》をつかまれた。

尋常ならざる力に引っぱられ、夥《おびただ》しい水泡《みなわ》のなかを一気に浮上していった。

「浅間《あさま》さま、着きましたぞ、ほれ、起きなされ」

「ん」

目を醒ますと、金兵衛の顔がそこにある。

「うほほ、夢のなかで溺《おぼ》れかけておられたな」

「三尺もある魚を追っていたのだ。長細い筒胴に背鰭はふたつ、背は淡い青で腹は黄みがかった白であった」

「なんとまあ、どでかい鱚《きす》ですなあ。ま、なにはともあれ参りましょう」

八十八夜が明ければ、太公望《たいこうぼう》たちにはたまらぬ鱚釣りの季節となる。

釣り場は鉄砲洲から品川沖《しながわおき》まで江戸湾の広範囲におよぶものの、金兵衛に言わせれば、通人《つうじん》は船松町《ふなまつちょう》の渡しから佃島《つくだじま》へ渡り、漁師に百文払って小舟を借りるのだという。

ふたりはさっそく百文舟を借りうけ、浅瀬の釣り場へ漕《こ》ぎだした。

「船頭なぞおらんほうが気楽でよろしい」

「さようさ」

冬のあいだ深場に潜んでいた鱚は産卵のため、今時分になると洲の縁へやってくる。沖まで漕ぎだす必要はない。ただし、臆病な鱚は舟がほんのすこし揺れただけでも近寄ってこないので、釣り人は舟釣りではなしに脚立《きゃたつ》釣りをおこなう。

「ほほ、用意してござりますとも」

漁師は百文舟とともに、脚立も五十文で貸してくれる。

金兵衛は砂地に棹《さお》を突きさして舟を舫《もや》い、頑丈《がんじょう》そうな脚立をもちあげた。

五十過ぎにしては膂力《ちから》がある。

感心しながら眺めていると、赭《しゃ》に染まった金兵衛の額に青筋が浮きたった。

「浅間さま、手伝ってくだされ」

「おう、すまぬ」

釣り場は遠浅で水深は臍《へそ》から首ほどだが、場所によっては背の立たないところもある。

適当な浅瀬に脚立を立て、三左衛門は餌箱《えばこ》と魚籠《びく》を手にして乗りうつった。

腰帯には越前康継《えちぜんやすつぐ》の小太刀が差さっている。

「おっと、だいじなものをお忘れですよ」

金兵衛は笑いながら、五本継ぎの竿《さお》を渡してくれた。

替え針と糸もある。獲った魚を刺身にして食うため、蓼酢《たでず》も携《たずさ》えてきた。

以前にも挑んだことはあるので、要領はわかっている。

「ではのちほど、釣果《ちょうか》を期待しておりますよ」

「そっちもな」

百文舟は静かにはなれ、薄闇の狭間《はざま》へ滑りこんでいった。

金兵衛は近場で舟を舫い、三左衛門とは別の手法で鱚を狙う。立込下駄《たてこみげた》と称する歯高二尺の下駄を履き、長柄《ながえ》のやすで魚影を突くのだ。下駄歯の先端には鉄が塡《は》まっている。水の抵抗が強く、馴れないものには履きづらい。

履きこなすには修練が要《い》ると、金兵衛は胸を張った。

「ふん、大袈裟《おおげさ》な」

三左衛門は糸を垂れた。

日の出にはまだ半刻ちかくある。

微明《びめい》の海原は凪《な》ぎわたり、不気味なほど鎮《しず》まりかえっている。脚立のてっぺんから蠢《うごめ》く波間を凝視《みつ》めていると、得体の知れない何かが飛びだしてきそうな恐怖を抱かされた。

闇に慣れると、脚立釣りの人影が他にもちらほらみえてきた。簑笠をかぶり、腰に大小を差している者も多い。城づとめの暇な連中であろうか。

「かなりおるな」

それでも、釣り場はひろいので邪魔になることはない。

小半刻ほど経っても、浮きはぴくりとも動かず、やがて、三左衛門はこっくりこっくりしはじめた。

時の経過とともに、海原も白んでゆく。

夜明けはちかい。

三左衛門は両手を伸ばし、胸腔《むね》いっぱいに潮風を吸いこんだ。

「おや」

一艘の小舟が、迷い子のように近寄ってくる。

漁師から借りた百文舟のようだが、乗っているのは簑笠の釣り人ではない。

若い男女のようだ。

「ん」

三左衛門は目を擦った。

またしても、妙な夢でもみているのだろうか。

抱きあった男女は身に錘綱《おもりづな》を巻きつけ、舟上に横たわっていた。

観念したように目を瞑《つむ》り、ぶつぶつ経を唱えている。

「心中かよ、まさかな」

女がふいに薄目をあけた。

花色模様の裾が捲《まく》れ、緋色《ひいろ》の蹴出《けだし》がみえた。

三左衛門は、ごくっと生唾を呑みこんだ。

小舟は脚立の脇を、音もなく滑りぬけてゆく。

「お」

なんと小舟は、泥舟のように沈みかけていた。

よくみれば、錘綱の一端は艫《とも》に括《くく》りつけられている。

いくら遠浅とはいえ、舟ごと沈めばまず助かるまい。

「浅間さま、おうい、浅間さま」

遠い声に振りむけば、立込下駄の男が危うい足取りでやってくる。

「早《はよ》う、舟のふたりを……早う、助けてやってくだされ」

必死の叫び声とはうらはらに、金兵衛の歩みはのろい。

焦って無理にすすめば、つんのめってしまうのだろう。

助けろと言われても、冷たい海に飛びこむのは御免だ。

躊躇《ためら》っているあいだにも、小舟はゆっくり沈んでゆく。

「浅間さま、早う」

遠くのほうで、金兵衛がまた怒鳴った。

「ええい、ままよ」

三左衛門は簑を脱ぎ、綿入れも脱ぎすて、褌《ふんどし》一丁になった。

一尺四寸の小太刀を抜きはなち、はっとばかりに宙へ飛ぶ。

水飛沫《みずしぶき》をあげて足から飛びこんだ途端、心ノ臓が凍りついた。

小太刀を口に銜《くわ》えて潜り、重い水を掻きわける。

息継ぎもせず、ぐんぐん泳いだ。

夥しい水泡がみえる。

昏い水底に小舟が沈んでいた。

妖しげに閃《ひらめ》くのは、銀色の鱗ではない。

緋色の蹴出が、藻のように揺れている。

蹴出を左手で摑み、ぐっと引きよせた。

苦しげな男女の顔が鼻面に迫ってくる。

焦る気持ちを抑え、右手の小太刀で錘綱を断った。

すると、男のほうは自力で海面に浮かんでいった。

女は乳房と太腿を露出させ、激しく藻掻いている。

三左衛門は女の乱れ髪を摑み、口移しで息を吹きこむや、一気に浮上していった。海上へ引きあげてみれば、なんのことはない、爪先立ちでなくとも立っていられる浅瀬である。

三左衛門は、ぷうっと海水を噴いた。

「おうい、おうい」

金兵衛が脚立のてっぺんに登り、手を振っている。

何艘かの百文舟がみよしをむけ、漕ぎよせてきた。

覚醒した男は、鶏《にわとり》のようにきょろきょろしている。

女は力なく海面に漾《ただよ》っているものの、命に別状はあるまい。

「無理をさせおって」

三左衛門は紫唇《くちびる》を震わせた。

海水は馴れてしまえば温《ぬく》いが、四肢は強張《こわば》っている。

唐突にさざなみが押しよせ、女の両腕が首に巻きついてきた。

「あ、ありがとう……ござりました」

長い睫毛《まつげ》を瞬《しばたた》き、掠《かす》れ声で洩らす。

洩らしたそばから、女はふっと微笑《ほほえ》んでみせた。

死にかけた美人の笑みほど、凄艶《せいえん》なものはない。

日の出とともに、水平線の彼方《かなた》が燦然《さんぜん》と煌《きら》めいた。

狼狽《うろた》えた三左衛門の横顔が、朝陽に赤く染まった。

二

翌、卯月朔日《うづきついたち》は衣更《ころもがえ》、武家でも町屋でも着物から綿を抜き、袷《あわせ》に仕立てなおす。この日はまた不義理の日とも呼ばれ、商いをやっている者は平素義理を欠いている方々に詫びてまわらねばならない。

家を守る女房にとっても、外廻りの商人にとっても、忙しい一日となる。

そのどちらも兼ねた「十分一屋」のおまつは、日の出までに綿抜きをすべて済ませたあと、早朝から夕方まで足を棒にして江戸じゅうを歩きまわり、暮れ六つの鐘とともに照降町の九尺店へもどってきた。

「ああ疲れた。まったく六阿弥陀詣《ろくあみだもうで》だよ」

大柄なおまつが小紋《こもん》の襟《えり》をきゅっと締め、かたちのよい小鼻を膨《ふく》らませた。

六阿弥陀詣とはちかごろ巷間《こうかん》で流行《はや》りの行楽だが、亀戸《かめいど》、浅草《あさくさ》、足立《あだち》、日暮《にっぽ》里《り》など阿弥陀像を祀《まつ》る寺社六箇所をすべて巡れば、六里余りの行程となる。何のご利益《りやく》もないのに、それ以上の道程を歩きとおしたのだと、おまつは誰に告げるともなく愚痴《ぐち》った。

欅台《けやきだい》にしつらえた竈《へっつい》では、羽釜《はがま》が湯気を立てている。

「おや、おすず、居候《いそうろう》の権八《ごんぱち》が飯《まま》を炊《た》いたようだね。めずらしいこともあるもんだ」

前垂れすがたの三左衛門は、できるだけにこやかに一家の大黒柱を出迎えた。にもかかわらず、おまつは目を合わせようともせず、板挟みとなって困惑顔のおすずに皮肉をならべたてる。

「罪滅ぼしのつもりかねえ。それにしても勿体《もったい》ないことをするもんだ。朝餉《あさげ》の残りがあったのに、新しいお米を炊くだなんて」

米価諸色高騰《しょしきこうとう》のおり、百文払っても米一升は買えない。柳橋の料理茶屋通いのおかげで、すっかり贅沢《ぜいたく》が身についちまったようだよと、おまつの皮肉はつづいた。

それでも、むっつり黙っていられるよりはいい。

おまつの艶めいた朱唇《くちびる》を凝視めながら、三左衛門は嵐がとおりすぎるのを待った。

「人助けをして褒美《ほうび》を貰ってくるんなら、まだはなしはわかるよ。ところがどっこい、心中くずれのおふたりさんは番屋にも突きだされず、夕月楼に匿《かくま》われておしまいだとか。佃島からもどったおまえさんは、のんびり据風呂《すえぶろ》に浸《つ》かり、助けた女の酌《しゃく》で迎え酒まで呷《あお》ったあげく、とろんとした眸子《まなこ》で夜更け過ぎにのこのこ帰ってきた。しかも、一張羅《いっちょうら》の綿入れは海に流しちまい、夕月楼の旦那につんつるてんの着流しを恵んでもらってくるとはねえ。ほんと、おたまりこぼしとはこのことだよ」

よく動く朱唇だ。

おまつは三十二の年増だが、所帯窶《やつ》れしたところは微塵《みじん》もない。そもそも、日本橋《にほんばし》の目抜き通りに店を構えていた糸屋の長女、若い時分は呉服町《ごふくちょう》の小町娘と騒がれたほどの縹緻良《きりようよ》しだけに、いまでも華やいだ雰囲気を失わずに保っている。

左褄《ひだりづま》をとって草履《ぞうり》を脱ぐ仕種などは、深川《ふかがわ》あたりの芸者とも張りあえそうな色気を感じさせるものの、三左衛門が惚《ほ》れたのは竹を割ったような性分だった。おもったことをはっきり口にするので、他人に誤解されることもままある。が、長屋の連中には表裏のない性分が好かれ、なにかと頼りにされていた。

しっかり者のおまつに引きくらべ、三左衛門の評判は芳《かんば》しいものではない。

「おまえさん、ご近所で何と言われているかご存知かい」

「甲斐性《かいしょう》無しの二本差しの目刺《めざ》し野郎か」

「ついでに、吹けば飛ぶような麦焦《むぎこ》がし野郎だってさ。あたしゃ口惜《くちお》しくて仕方ないんだよ」

「ふん、言わせておけばいいさ」

険悪になりかけた空気を読み、おすずが助け舟を出してくれた。

「おっかさん、おっけは亀戸の業平蜆《なりひらしじみ》だよ。それからね、夕月楼の旦那さまがほら、初鰹《はつがつお》の切り身を届けてくだすった」

「あら」

途端に、おまつは相好《そうごう》をくずした。

伊万里焼《いまりやき》の大皿に笹の葉が敷かれ、美味《うま》そうな鰹の切り身が載っている。

初物を食えば、七十五日は長生きするとか。

そうした巷説《こうせつ》の中心に鎮座する初鰹は、貧乏人が気負って買うものとはいえ、馳走《ちそう》であることに変わりはない。

「刺身にしよう。辛子味噌《からしみそ》と蓼酢とどっちがよい」

三左衛門が調子に乗って水をむけると、おまつは口を尖らせ「この、おたんこなす」と可愛げに発した。

「ともかく、釣りをやめろとは言わないさ。好きな投句もやればいい。でもね、深酒だけはやめておくれ。からだに毒だから」

「ああ、わかったよ」

「それにしても、不心中者と関わっちまうだなんて、おまえさん、とんだ災難だったねえ」

「ん、ま……まあな」

「おや、言いよどみなすったね。なんぞやましいことでもおありかい。聞けば女は蹴出一枚で助けられたとか。もちろん、助けたのはおまえさんだけど」

探るような眼差しを避け、三左衛門は竈にむかった。

そろそろ、飯が炊けるころだ。

箱膳の仕度はできている。

「いいよ、わたしがやるから」

おまつは細紐《ほそひも》をくわえ、鮮やかに襷掛《たすきが》けをやり終えた。

ふっくら炊けた飯を羽釜から櫃《ひっ》にうつし、木椀に蜆の味噌汁をよそう。

味噌は赤味のつよい辛口の仙台《せんだい》味噌、隣近所は甘口の江戸味噌をつかっているが、熟成期間の短い江戸味噌は三左衛門の口に合わない。

手っとり早く仕度を済ませ、三人は食事をとりはじめた。

鰹の刺身は蓼酢で食う。

温かい飯のうえに肉厚の身を載せ、湯気といっしょに啖《くら》うのだ。

「おっかさん、やっぱり初物はちがうわねえ」

おすずは口をはふはふさせ、小生意気な科白を吐く。

三左衛門は香の物を齧《かじ》り、蜆汁を啜《すす》り、一膳目をぺろりとたいらげた。

背筋をぴっと伸ばし、侍らしく整然と箸《はし》をすすめつつも、食いっぷりは豪快である。上州《じょうしゅう》富岡《とみおか》の七日市《なのかいち》藩《はん》に禄を食《は》んでいたころは、つねのように質素倹約《しっそけんやく》を心懸け、餉《かれい》に二膳以上の飯をとることはあり得なかった。

七面倒臭い武家の規範に縛られることもないので、長屋暮らしは気楽でよい。

ひと息ついたところで、おまつが喋りかけてきた。

「不心中の男は二十五、女は十九、どっちも本厄《ほんやく》同士だってねえ」

「なるほど、言われてみればそうだな」

「おまえさんは四十一、わたしは三十二、わたしらも来年は本厄だよ」

妙な繋《つな》がりもあったものだ。

繋がりといえば、男は神田《かんだ》の紺屋《こうや》淡路屋《あわじや》久右衛門《きゅうえもん》の長男坊で名は久太郎《きゅうたろう》という。

おまつが二十歳《はたち》で嫁いださきも、じつは紺屋だった。

五年前、浮気性の旦那に愛想を尽かして三行半《みくだりはん》を書かせ、幼いおすずを連れて実家へ出戻った。不幸はかさなり、実家の『上州屋』は押しこみ強盗に遭《あ》って潰れ、両親が相次いで亡くなった。

そのころ、三左衛門はおまつと知りあった。

とある事情から、藩を出奔《しゅっぽん》せざるを得なかったのだ。

傷心のふたりは心の隙間を埋めるように近づき、ひとつ屋根のしたで暮らしはじめた。祝言はあげていない。四年半もいっしょに暮らして「いまさら」という気もするが、おすずに「おっちゃん」と呼ばれるのだけは寂しい。いずれ、きちんとせねばなるまい。

不心中男の素姓《すじょう》を洩らした途端、おまつの顔色は変わった。

「淡路屋の久太郎さんなら知っているともさ。ご近所だったからねえ。そのころはまだ二十歳、尻の青い若旦那でしたよ。気は優しいけれども、頼りない感じのおひとでね。だけど、ひとはみかけによらないとはよく言ったもので、煮売り酒屋の看板娘に惚れちまったあげく、家をおんでちまったんだよ」

ちょうどそのころ、久太郎には縁談が舞いこんでいた。相手は太物屋《ふとものや》の娘、紺屋の得意先ということもあり、断るのは難しい。そこで、久太郎は贅沢な暮らしも身分も捨てる覚悟をきめ、両親が止めるのも聞かずに家を飛びだした。

「若いふたりは手と手をとりあい、当《あ》て所《ど》もない道行《みちゆき》の旅に出たのさ」

もちろん、長くはつづかない。ひもじさが募れば、恋心なぞ吹きとんでしまう。娘のほうがさきに音《ね》をあげ、仕方なく紺屋町へもどってきた。

「娘はずいぶん大人びてみえたが、聞けばまだ十四だった。気だての優しい娘でねえ、病身の母親とふたりきり、岩本町《いわもとちょう》の裏長屋に暮らしていたんだ」

母親は鳥目《とりめ》を患《わずら》っていたという。夜なべの内職もろくにできず、十四の娘が家計を支えていた。あれほど母親おもいの娘が逃げだしたのは、久太郎への恋情《おもい》がよほど強かったからにちがいないと、おまつは溜息を吐《つ》く。

身分ちがいのふたりがいっしょになることはなかった。

相惚《あいぼ》れのふたりは仲を裂かれ、久太郎は親の思惑どおり嫁を貰った。

「可哀相《かわいそう》に……久太郎さんの祝言はそれは豪勢なものでねえ。ご近所にもお披露《ひろ》目《め》されたんだよ。あのときの、おるいちゃんの泣き顔は、いまでも忘れらんない。世の中の理《り》不尽《ふじん》をぜんぶ背負いこんだような、そんな顔でねえ」

ぐすっと洟《はな》を啜るおまつの顔を、三左衛門は穴があくほど覗きこんだ。

「娘の名は、おるいというのか」

「そうですよ」

「不心中のかたわれも、るいという名だったぞ」

「えっ」

絶句するおまつに、三左衛門はたたみかけた。

「るいは品川で女郎をやっておった。久太郎は身請《みう》けしようにも金がない。なにしろ、実家から勘当された身だからな」

「勘当って、まさか……お帳《ちょう》つきかい」

「ああ、詳しい事情はわからぬが、久離《きゅうり》を切られたらしい」

「そんな」

勘当にもいろいろある。久離帳に載せられる「お帳つき」はもっとも重く、親族会議を経たのち、町役《ちょうやく》や五人組や名主の添え書きともども奉行所へ除籍願いが提出され、慎重な取調べののちに受理される。

久離を切られた久太郎は、もはや、淡路屋とは縁のない無宿者にすぎぬ。

「なんの因果《いんが》か、久太郎とおるいは五年ぶりに再会した。顔を合わせた途端、焼《やけ》木杭《ぼっくい》に火がついたのであろう。なれど、ふたりがいっしょになる方法は、おるいを足抜けさせる以外にない」

「道行の果てには、地獄がぽっかり口をあけていた」

「そういうことだ」

あのまま死んでいれば、それでも本人たちの望みは叶《かな》えられたのだろうが、ともあれ、心中に失敗した不心中者ほど始末に負えぬものはない。

余計なことをしてしまったのかと、三左衛門はおもった。

「いったい、どうなるんだろう、あのふたり」

忠という字をふたつにしてひっくり返せば、心中になる。ゆえに、心中は天下の仕置きに背く不忠な所業《しょぎょう》であるとして、厳しく罰せられる。

番所へ突きだせば即座に縄を打たれ、日本橋の北詰に三日間晒《さら》されたうえで、男女別々に浅草溜《ため》へおくりこまれる。誰もが嫌がる重労働を強《し》いられ、溜を仕切る車善七《くるまぜんしち》に大金でも払わぬかぎり、二度と娑婆《しゃば》の空気を吸うことはできない。

金兵衛も助けたはいいが、どうしたらよいのか悩んでいる。

ひとの口に戸は立てられない。ふたりの噂は、さざなみのようにひろまるだろう。町奉行所《まちかた》の目はごまかせても、女郎屋に雇われた恐い連中の目はごまかせない。所在を突きとめられ、ふたりを渡せとねじこまれたら、俠気《おとこぎ》で鳴らす金兵衛も匙《さじ》を投げるしかあるまい。

「おまえさん、どうするんだい」

おまつは焙《ほう》じ茶《ちゃ》を呑みながら、助けた以上は面倒をみろとでも言わんばかりに、ぐっと睨《にら》みつけてきた。

三

三左衛門は入相《いりあい》の往還《おうかん》を神田岩本町へむかった。

おるいが岡場所へ売られた経緯《いきさつ》を探ろうとおもったのだ。

十四といえば吉原《よしわら》の禿《かむろ》が水揚げされ、一人前の遊女になる齢《とし》である。けっして、早すぎるということはない。ただ、二十八で年季が明けるまでの長い歳月を苦界《くがい》で過ごさねばならぬ。十四の娘にそれだけの決断をさせるには、よほどの理由がいる。

本人に聞けば済むことだが、死のうとまでした女に生き地獄へ堕《お》ちた理由を糺《ただ》すのも酷なはなしだ。久太郎もおるいも、しばらくはそっとしておくにかぎる。

金兵衛の意を汲《く》んでつきしたがうのは、廻り髪結いの仙三《せんぞう》であった。

仙三は御用聞きでもあるが、金兵衛にひとかたならぬ恩義を感じており、このたびの一件も内密で動くことを約束してくれた。

「八尾《やお》さんには黙っておれよ」

「承知しておりますとも」

八尾というのは、南町奉行所の定廻りをつとめる八尾半四郎《はんしろう》のことだ。

一年余りまえ、金兵衛の口利きで知りあった。

仙三は半四郎につかわれている。

不浄《ふじょう》役人にはめずらしく骨のある男だが、なにぶん融通が利かない。不心中者を匿《かくま》っていると知れば放っておくはずもないので、相談するわけにはいかなかった。

「捕り方よりも恐《こえ》えのは、南品《なんぴん》の連中ですよ」

「南品」

「へへ、吉原は北国《ほっこく》、それに対抗して品川の女郎屋は南品」

「なるほど」

「連中にゃ地廻りの面子《メンツ》がある。ふたりを血眼《ちまなこ》になって捜しているはずだと、夕月楼の旦那も案じておられやす。ま、浅間さまにひと肌脱いでもらえりゃ百人力でしょうけど」

「おだててどうする」

「とんでもねえ。浅間の旦那が雄藩の馬廻り役だったってえことは存じあげておりやすよ」

「七日市藩は雄藩ではない、たった一万石の所帯だぞ。吹けば飛ぶような、それこそ麦焦がしのごとき小藩さ」

「うめえことを仰《おつしや》る。だけど、浅間さまの技倆《うで》は本物でさあ。なにせ、あっしはこの目でみたんだ」

　昨春、桜が満開のころ、三左衛門は甲源一刀流《こうげんいっとうりゅう》の遣い手を斬った。

　おまつの実弟又七《またしち》の命を救うため、人斬りを余儀なくされたのだ。

　四谷西念寺《よつやさいねんじ》境内、亥ノ正刻《い》、群雲《むらくも》の狭間には十日夜《とうかんや》の月が顔を出していた。相手は色欲に溺れた御典医《ごてんい》の用人頭《ようにんがしら》、絵に描いたような悪党だ。

「すわっ、浅間さまは地を蹴りあげるや、大上段から囮《おとり》の大刀を鞘《さや》ごと振りおろした。相手は易々《やすやす》とこれを受け、得たりとばかりに反撃しかけた。ところが、鞘の中味は竹光《たけみつ》だ。なにっ、相手は大刀の一撃が囮と知って臍《ほぞ》を咬《か》む」

刹那《せつな》、越前康継の小太刀が一閃《いっせん》した。

「銀鼠《ぎんねず》の地肌に濤瀾刃《とうらんば》、葵下坂《あおいしもさか》とも呼ぶ由緒《ゆいしょ》ある業物《わざもの》だ。ぱっと血煙が散った。月影に照らされたのは、脾腹《ひばら》を掻かれた悪党の顔……」

「わかったわかった、そのくらいにしておけ」

仙三は講談調に語ってみせるが、三左衛門にとっては苦い思い出のひとつである。たしかに、富田流《とだりゅう》の小太刀を修め、藩内随一の剣技を見込まれて馬廻り役にも抜擢《ばってき》された。

だが、人を斬るために剣を修めたわけではない。

人斬りは厳に忌《い》むべき所業と心得ている。

藩を出奔した理由も、藩政に不満を抱く朋輩《ほうばい》を斬ったからだ。

朋輩たちは、城内で藩主を襲撃するという暴挙におよんだ。

藩主警護の馬廻り役として、見過ごすわけにいかなかった。

やむなき所業とはいえ、痛恨の念はのこった。

ほどもなく、三左衛門は出奔を決意した。

小禄役人の家に三男坊として生まれ、藩を捨てることに未練はなかった。

辛いのは、故郷をも捨てざるを得ないことだった。

誰ひとり見送るものとてなく、打飼《うちが》いひとつで街道を歩む道すがら、ふと、振りかえってみると、浅間山が怒ったように噴煙をあげていた。

そのとき、名も捨てようとおもった。

楠木正繁《くすのきまさしげ》という名を捨て、浅間三左衛門になった。

「浅間の旦那、どういたしました、なにか考え事でも」

仙三に問われ、三左衛門はわれにかえった。

「そういえばあのとき、色狂いの御典医に拐《かどわ》かされた娘も、たしか紺屋の娘でしたね」

「ん、そうであったかな」

おまつの件といい、奇妙な因縁《いんねん》がつづいている。

ふたりは小伝馬町《こでんまちょう》から竜閑川《りゅうかんがわ》を渡り、岩本町へたどりついた。

北側の松枝町《まつがえちょう》とのあいだには、堀川が流れている。

川上に軒をつらねる紺屋が藍を流すところから藍染川《あいぞめがわ》と呼ばれ、川の流れは岩本町のあたりで筋違《すじかい》となる。

そこに、撞木《しゅもく》のかたちをなす弁慶橋《べんけいばし》が架かっている。

弁慶とは珍妙な形状の橋をつくった大工棟梁《とうりよう》の名だが、この橋ひとつで岩本町側の二箇所と松枝町側の三方へ渡ることができた。

おるいのはたらいていた煮売り酒屋は、まだ橋のちかくにあるという。

三左衛門は店の名を耳にしたことがあった。

「いちど訪ねてみたかったのよ」

弁慶橋の『吾助《ごすけ》』といえば、ひところはかなり名の知れた白馬《しろうま》（にごり酒）を出す店だった。酒好きの江戸者なら、たいていは知っている。

辛みが強いと評判の白馬を、三左衛門はまだ呑んだことがなかった。

「あっしもでさあ」

仙三は、じゅるっと涎《よだれ》を啜りあげた。

しかし、どうも様子がおかしい。

人気のない殺風景な暗がりに、軒行燈《のきあんどん》がぽつんと点《とも》っているだけなのだ。

「妙だな」

仙三がつぶやいたところへ、皺顔の老婆がひとり近寄ってきた。

「おしゃか、おしゃか……灌仏会《かんぶつえ》のおしゃかを買《こ》うてくれ」

筋張った手に握られた手桶《ておけ》は白い卯《う》の花で飾られ、中央に小さな釈迦像《しやかぞう》が立っている。

門付《かどづ》けの願人《がんにん》釈迦を真似《まね》た物乞《ものご》いの老婆であった。

「婆さん、あっちへ行ってくれ」

迷惑そうにする仙三の袖を、老婆はしっかり掴んだ。

「お、放せこの、なにをしやがる」

老婆は袖を離さず、歯のない口をひらいた。

「おしゃかを、買うてくれ」

なんとも不気味な顔だ。眸子は血走っている。

仙三は乱暴に袖を振った。

「いらねえったらいらねえ。婆さん、たのむから放してくれ」

「あんたら、吾助のとこへ来たのけ。こんな店にゃへえらねえほうがいい」

「なにをこの」

「吾助は性悪な男じゃ。十四の娘を誑《たぶら》かし、女衒《ぜげん》に売りわたしてしもうた。うひひひ、白馬にゃ毒がへえってる……南無阿弥陀仏《なんまいだ》、南無阿弥陀仏《なんまいだ》」

妙に説得力がある。老婆は嗄《しゃが》れた声で六字を唱えつつ、心もとない足取りで弁慶橋のむこうへ遠ざかっていった。

老婆の影が薄闇に溶けると、仙三は唾を吐いた。

「けっ、気色の悪い婆さまだぜ」

煮売り酒屋の軒先には、骨だけになった鰯《いわし》の頭がぶらさがっている。暮れの節分に飾られたきり、四月《よつき》も野晒しにされたままなのだろう。暖簾《のれん》をくぐると、閑古鳥《かんこどり》が鳴いていた。

四

胡麻塩頭《ごましおあたま》の親爺が、死んだ魚のような眸子をむけた。

「吾助さんかい」

「それがどうした、帰《けえ》ってくれ」

鰾膠《にべ》もない。

「まあ、そう言うな」

三左衛門は大小を鞘ごと抜き、長床几《ながしょうぎ》の端に尻を置いた。

塵《ちり》が舞い、仙三は顔を顰《しか》めてみせる。

「辛い白馬を呑ませると、聞いてきたのだがな」

「そいつは何年もめえのはなしさ」

「いまはやっておらぬのか」

「死なねえ程度にゃやってるよ。おせきが客を追っぱらっちまってからはな」

「おせきとは」

「旦那方も声を掛けられたはずだ。物乞い女のことさ」

「ああ、さっきの婆さまか」

と、仙三が横から相槌《あいづち》を打つ。

「物狂いの婆にしかみえねえが、あれでも四十のなかばだよ」

「げっ、嘘だろ」

仙三は驚きつつも、鼻をひくつかせながら店の奥へはいってゆく。

「あんた、どこへ行く」

「そのへんに酒樽が置いてねえかとおもってよ。遠くからわざわざ来てやったんだ。白馬を呑まねえことにゃ意地でも帰《けえ》らねえぜ」

「それほどまで言うなら出してやってもいい。ただし、肴《さかな》はねえぞ」

「へへ、そうこなくっちゃな」

吾助は奥へ引っこみ、信楽焼《しがらきやき》の一升徳利《いっしょうどっくり》を提げてきた。

黒味噌を盛った猪口《ちょこ》も、とんと出す。

「そいつを嘗《な》めながら飲《や》ってくれ」

「ふむ」

仙三の酌で、三左衛門はぐい呑みを呷った。

「ぷはあ、臓腑《ぞうふ》に沁《し》みる。仙三、おぬしも呑め」

「へい」

仙三もぐい呑みを呷り、たまらないという顔をした。

「美味いな」

「へ、さすがは吾助の白馬」

「よし、もう一杯」

ふたりの掛けあいを聞くともなしに、吾助は煙管《きせる》をふかしはじめた。

さりげなく、三左衛門は水をむける。

「さきほどの物乞い女のはなしだが、なにやら事情《わけ》がありそうだな」

「そのむかし、おせきの娘を雇っていたのよ」

「ほう」

三左衛門は顔色ひとつ変えず、手酌で白馬を呷った。

仙三は御用聞きの顔になり、両耳をそばだてている。

「もう五年もめえのはなしだ。年は十四だったが、おるいは大人びた娘でなあ、どう眺めても十七か八にしかみえねえ。店の看板娘さ。おるい見たさにやってくる客も当時は大勢あった。いまにしておもえば、あんときがいっち良かった」

「どこかで味噌がついたというわけか」

三左衛門は黒味噌を嘗めながら、巧みに誘導する。

「仰るとおりだよ。紺屋の若旦那がおるいに惚れた。そいつが味噌のつきはじめ」

吾助は、若いふたりが手に手をとりあって逃げた経緯を訥々《とつとつ》と語り、誘われるがままに後日談を喋りはじめた。

おるいは久太郎と切れた直後、傍目《はため》にも痛々しいほど落ちこんだ。

わるいことはかさなるもので、むかい目を患った母親のおせきが、夜になるとまったくものが見えなくなってしまったのだという。

「鳥目だよ。目の病《やまい》にゃ八《や》つ目《め》鰻《うなぎ》が効くと相場はきまってる。ところが八つ目鰻ってな、ただの鰻とはわけがちがう、ご存知のとおり高価な代物だ。おるいの稼ぎじゃとうてい買うことはできねえ。おれもずいぶん泣きつかれたが、これっかしゃどうにもならねえ。おれにも養わなくちゃならねえ女房子供があったんだ。親切心で他人様の世話を焼くほどの余裕はなかった」

と、そこへ、妙なはなしが舞いこんできた。

おるいを町内一の親孝行者に仕立てあげ、町奉行所から褒美を貰おうという算段だ。

親孝行者や忠義者に与えられる褒美の額は、五貫文《ごかんもん》（一両一分）ときまっている。

俗に謂《い》う「青緡《あおざし》五貫文」である。

五貫文とは銭五千文のこと、四文の波銭《なみせん》で千二百五十枚ぶん、五十枚を紺に染めた麻縄でひと緡にして結び、ぜんぶで二十五緡の銭が下賜《かし》される。

わざわざ重い銭で褒美を寄こすこともなかろうにと、考える者はひとりもいない。ずっしりとした銭の重さが、そのまま親孝行の重さ、お上から与えられた名誉の重さに値する。小判や一分金で褒美を貰っても、ありがたみは薄いというわけだ。

親孝行者の名誉は、町の名誉ともなる。

むしろ、こちらのほうが影響力は大きい。

親孝行者を出した町であれば、暮らしやすいとおもうのが人情だし、ご利益に与《あずか》るようにと町で物品を購入する者も増える。なにより、名主や五人組などの町役たちは鼻が高い。隣町にも大きな顔ができるので、鵜《う》の目鷹《たか》の目《め》で親孝行者を探したりもするという。

吾助にはなしをもちこんできたのは、自身番《じしんばん》を預かる町代《ちようだい》の庄六《しようろく》という五十男だった。

「青緡五貫文を手にするにゃ、よほどの孝行話でなくちゃだめだ。そうでなきゃ役人に取りあってもらえねえ」

そこで庄六は、鳥目の母に八つ目鰻を食べさせたいばっかりに、十四の娘が女衒に身を売ったという筋書きを描いてみせた。

名主も五人組の連中も大乗り気で、あとは本人たちを説得する段となり、難しい役どころを吾助が仰せつかった。

「おるいを女衒に売るのは忍びなかったさ。いまさら何をほざいても仕方のねえこったがよ、おれは心底からすまねえ気持ちでいっぺえだった。ほんでも、この町で生きてくかぎり、町役たちにゃ逆らえねえ」

吾助は幾ばくかの報酬《ほうしゆう》と交換に、説得役を引きうけた。

「おるいを説きふせるのは簡単さ。おまえさえ苦界《くがい》へ年季奉公に出てくれたら、町じゅうあげておっかさんの面倒をみてやると言やあいい。母親おもいのおるいなら、首を縦に振るはずだ」

事実、そのとおりになった。

おっかさんが生涯安楽に暮らせるようにしてやると約束したら、おるいは達観したような顔で頷《うなず》いた。

「おっかさんが心配するから、事情は黙っているんだぞと、おれは噛んでふくめるようにおるいを諭《さと》した。さあて、難しいのはおせきのほうだ。娘を易々と女衒に売る母親はまずいねえ。とどのつまりが騙すしかなかった。おるいは八つ目鰻を買いたいばっかりに、自分から身を売った、というはなしにすりかえたのさ」

すりかえられたはなしは、そのまま、名主を通じて町奉行所へ届けられた。

女衒に身を売ってまで母の眼病を治そうとした娘の行為は、奉行の目にもとまり、母娘には青緡五貫文が与えられることとなった。

無論、たった一両一分の金で、売られた娘を請けだすことはできない。

吾助によれば、おるいは女衒に十両で売られたという。八つ目鰻の購入に当てられたぶんを除いた残額のうち、幾ばくかはおせきに手渡されたものの、ほとんどは庄六が秘かに着服し、飲み食いなどの遊興費に消えてしまった。

「お上から褒美は届いても、娘のおるいは帰ってこねえ。重い銭の簾《すだれ》を押しいただき、おせきは涙が涸《か》れるまで泣きやがった。おりゃそんときほど後悔したことはねえ。が、後の祭りよ。ひょっとすると、女衒に売られたおるいの行方は、五年めえからぷっつり途絶えたまま。もう死んじまったかもしれねえ」

庄六はおるいに約束しておきながら、おせきの面倒をなおざりにした。

しばらくして、おせきはお喋りな連中から裏の事情を報《しら》された。町に居づらくなり一度はすがたを消したものの、二年ほどまえ、うらぶれた風体《ふうてい》でふらりと舞いもどってきた。

住処《すみか》もない物乞いに堕ちても、この町に未練があったのだろうか。

いや、自分たち母娘を騙した連中への恨みが、ああして、おせきを徘徊《はいかい》させているのだろうと、三左衛門はおもう。

「おれは、おるいといっしょに運も手放しちまった。がきにゃ死なれ、おっかあにゃ逃げられ、いまじゃ独りきりさ」

「町代の庄六はどうしておる」

「押しも押されもせぬ町役さまだよ。ちゃっかり名主の後釜に座り、いまじゃ藍染川に面した五町の肝煎《きもい》りさ。弁慶橋のむこうにでけえ屋敷を構え、のうのうと暮らしている……おるいは身を売ると決めたとき、庄六とおれにこう言った。一生懸命はたらいて、年季奉公が明けたら必ず帰ってきます。それまで、おっかさんをくれぐれもよろしくおねがいしますとな。おねがいします、おねがいしますと、米搗《こめつ》き飛蝗《ばった》みてえに土下座《どげざ》までしたんだぜ、くそったれ」

吾助は悪態を吐き、胡麻塩頭を掻きむしってみせた。

仙三は両方の拳を握りかため、必死に怒りを怺《こら》えている。

三左衛門は眉ひとつ動かさず、平然とぐい呑みをかたむけた。

「ふっ、つまらねえはなしを聞かせちまったあ、旦那方、呑み代はいらねえよ。はなしを聞いてもらった礼だ」

「礼などいらぬわ」

三左衛門はぐい呑みを床几に叩きつけ、仁王《におう》のごとく眦《まなじり》を吊りあげた。

柔和な顔が鬼に変わった途端、吾助はおもわず身を引いた。

「おい吾助」

「へ」

「おるいは生きておるぞ。母の惨《みじ》めなすがたも知らずにな」

海で助けた経緯をかいつまんで聞かせてやると、吾助は骨を抜かれたようにへたりこんだ。

「罪滅ぼしをしたいのなら、まだ一縷《いちる》の望みはある。とりあえず、おぬしも呑め。ほれ、辛みが評判の白馬だぞ」

「へい」

三左衛門にぐい呑みを差しだされ、吾助は涙ぐんだ。

五

不義理の日とはよくいったものだ。

青縎五貫文は、格別な親孝行者と忠義者に与えられる誉《ほま》れという。

おるいは身を売って親孝行者に仕立てあげられ、久太郎と心中をはかって不忠者の烙印《らくいん》を押されつつある。

「堕とされて流れ流され佃島、忠と不忠は紙一重かな」

三左衛門は懐紙《かいし》に一句したため、仙三、吾助をともなって弁慶橋を渡った。

「善は急げだ。仙三、町役の屋敷へ踏みこんだら、一気呵成《いっきかせい》にたたみかけねばならぬぞ」

「わかってまさ。懲《こ》らしめるめえに実をとるって算段でしょ」

「そういうことだ。南品の連中に手渡す金額を算盤《そろばん》で弾《はじ》いておけ。すこし多めにな」

「合点承知《がってんしょうち》」

項垂《うなだ》れる吾助には、よく意味が呑みこめない。

「おぬしは何もせずともよい。わしの隣に立っておれ」

「へい」

すでに、あたりはとっぷり暮れていた。

町役の屋敷は陣屋のような仰々《ぎょうぎょう》しい構えで、敷居を跨《また》ぐと高い天井から八間《はちけん》がぶらさがっている。板間は能舞台なみにひろい。

上がり框《かまち》には門番よろしく、縦も横もある大男がでんと座っていた。

「なあんだ、吾助じゃねえか」

莫迦《ばか》にしたように笑う大男は、尾州《びしゅう》丸とかいう四股名《しこな》で呼ばれている。

力士くずれの通り者、俠気を安売りする用心棒である。

用心棒を雇わねばならぬほど、庄六という男はひとに恨まれているのだろうか。

予想外の男の登場に、仙三はおよび腰になった。

三左衛門はあいかわらず、涼しい顔をしている。

「吾助よう、おめえのとこにも、おせきのやつは彷徨《うろつ》いているんだろう。あの女、おしゃか、おしゃかと五月蠅《うるさ》くて仕方ねえ。ああまで五月蠅えと、そのうち自分がおしゃかにされちまうぜ。ふへ、ふへへ……それはそうと、何の用でえ、そっちの浪人者と半端者は何者だ、あん」

ぎょろ目を剝《む》かれたので、三左衛門は応じてやった。

「木偶《でく》の坊《ぼう》に用はない。庄六はおらぬのか」

「あんだと、もういっぺん言ってみろい」

「二度は言わぬ、面倒くさい」

「このさんぴんがあ」

尾州丸は裾を割り、太い毛臑《けずね》を晒す。

「二本差しなんざ恐かねえ。ぶちかましてやらあ」

蹲踞《そんきょ》の姿勢をとるや、どおん、どおんと景気づけに四股まで踏み、力士くずれの通り者は土間を揺るがしてみせた。

仙三は敷居のそばまで後ずさり、吾助は蒼白な顔で震えている。

そのとき、奥のほうから疳高《かんだか》い声が掛かった。

「騒々しいな。誰だい、わたしを訪ねてきたのは」

黒紋付きでひょっこり顔を出したのは、町役の庄六だった。

よほど良いものを食っているのか、でっぷりと肥えている。

「これから五町の寄合に出掛けなくちゃならない。用件があるんなら手っとり早く済ませておくれ」

赤ら顔で眠たそうに喋り、二重顎《にじゆうあご》をぷるぷる震わせる。

醜い蟾蜍《ひきがえる》だなと、三左衛門はおもった。

「ご浪人、さ、用件を言ってくれ」

「されば申しあげる。とある女の身請料を所望《しよもう》したい。仙三、いくらになる」

「へい、ざっと六十両ほどになりやす」

「さようか、よし。町役どの、聞いたとおりだ。羽振りの良いあんたのこと、六十両くらいなら右から左のはずであろう」

「ふん、質《たち》の悪いたかりかい」

「残念ながら、そうではない。ほれ、吾助を連れてきたのだぞ」

「吾助か、言われてみればそうだな」

「五年前の悪事をおもいだしてみろ。おぬしの企《たくら》んだ浅知恵のせいで、罪もない母娘が生き地獄へ堕ちた」

「いったいぜんたい、何のはなしだね」

「しらをきるな、青緡五貫文、忘れたとは言わせぬぞ。六十両はおるいの身請料さ」

「なるほど」

庄六は眸子をほそめ、かたわらの番犬に顎をしゃくった。

「尾州丸、そいつらを束にまとめて痛めつけてやりな」

「ふふ、まかせておけ」

二百斤《きん》（約百二十キロ）はありそうな巨漢が股を割り、左右の拳を土につける。

「ぬおりゃ……っ」

憤怒《ふんぬ》の形相《ぎょうそう》で吼《ほ》えあげ、あたまから突進してきた。

三左衛門はひらりと躱《かわ》し、ついでに大男の尻を蹴る。

尾州丸は猛然と突っこみ、土壁を粉微塵に破壊した。

「ぐふふふ、やってくれるじゃねえか」

血だらけの顔で振りかえり、力士くずれは口端を吊りあげた。

「待ってろよ」

こんどは逃さぬとばかりに、摺り足《すあし》で迫ってくる。

三左衛門は小太刀ではなく、大刀の鯉口《こいぐち》を切った。

「うおらああ」

尾州丸は沈みこんだ低い姿勢から、ぶちかましを狙ってきた。

三左衛門に逃げ場はない。

「そい」

大刀を鞘走らせた。

双手で大上段に振りかぶる。

二尺三寸ほどの刀が、びゅんと音を起てて撓《しな》った。

「ぬがっ」

尾州丸は脳天を砕かれて白目を剝き、鼻からぶっと血を噴いた。

が、倒れない。

まっぷたつに折れたのは、大刀のほうだ。

「けっ、竹光じゃねえか」

覚醒《かくせい》した尾州丸は鼻血を啜り、ぺっと血痰《けったん》を吐いた。

「おめえはもう、生かしちゃおかねえ」

血達磨《ちだるま》の鬼は肩で荒い息を吐き、三白眼《さんぱくがん》に睨みつけてくる。

「石頭め」

三左衛門は無表情に発し、折れた竹光をぽいと捨てた。

「詮方《せんかた》あるまい」

腰溜めに構えるや、一尺四寸の小太刀を抜く。

艶《なま》やかな銀鼠の地肌に、濤瀾刃が閃いた。

こんどは正真正銘、抜けば玉散る氷の刃というやつだ。

「うっ」

尾州丸は一瞬、たじろいでみせた。

刀身をよくみれば、棟区《むねまち》のちかくに仏が彫られている。

毘沙門天《びしゃもんてん》、薬師如来《やくしにょらい》、文珠菩薩《もんじゅぼさつ》、越前康継の手になる憤怒の三体仏こそ、三左衛門の守護神にほかならない。

敷居のそばでは、仙三が空唾を呑みこんでいる。

「四谷西念寺境内、亥ノ正刻……」

月下で脾腹を掻かれた用人頭のことを、咄嗟《とっさ》におもいだしたのだ。

なるほど、三左衛門は小太刀をもって鎌鼬《かまいたち》のごとく、対手の脇腹を斬りさく妙技を会得《えとく》していた。失明しかけてもなお、申しあいで一度も負けを知らなかった富田勢源《せいげん》の異名を継ぎ、七日市藩では「化政《かせい》の眠り猫」と称されたほどの遣い手なのだ。

力士くずれの通り者風情が、敵《かな》う相手ではない。

「しゃらくせえ」

尾州丸は、三度目の突進をこころみた。

「二度あることは三度」

三左衛門はひらりと上がり框へ飛びのり、蝶《ちょう》のように舞ってみせる。

小太刀を片手持ちで斜交《はすか》いに振りおろし、対手の太い首筋を打った。

「きょっ」

尾州丸の巨体が、棒のように倒れてゆく。

無論、小太刀の先端は峰にかえされていた。

土煙が濛々《もうもう》と立ちのぼるなか、三左衛門は刃をおさめた。

庄六と吾助はぽかんと口をあけ、土間に俯《うつぶ》した大男の背中を凝視めている。

仙三だけは、どんなもんだいという顔をしてみせ、勢いに乗じて啖呵《たんか》を切った。

「おい町役、六十両の身請料、耳を揃えて出しやがれ」

庄六はおろおろしながら奥へ引っこみ、帳場簞笥《ちょうばだんす》の抽斗《ひきだし》をがたがたさせはじめた。

三左衛門は、にやりと片頰で笑った。

「仙三よ、一句できたぞ」

「お聞きしやしょう」

「四月朔日《わたぬき》に町役人の肝《きも》を抜き、どうだ」

「へ、なかなかのもんでさ、なあ吾助」

振られた吾助は敷居脇の柱にしがみつき、きょとんとしている。

とりあえずは上々の首尾だなと、三左衛門はほくそ笑んだ。

が、世の中そう甘くはない。

柳橋の夕月楼では、おもわぬ事態が待ちうけていた。

六

南品の連中に所在を嗅ぎつけられ、おるいが奪われてしまった。

「くそっ、おれとしたことが」

右目に青痣《あおあざ》をつくった金兵衛が、しきりに口惜しがる。

破落戸《ごろつき》どもに大人数で押しかけられ、撲《なぐ》りたおされた。

気を失っているあいだに、おるいを連れさられたのだ。

「致し方あるまい。女将《おかみ》さんの機転で久太郎を救えただけでも儲《もう》けものと考えねばな。奪われておったら、ただでは済まなかったぞ」

「浅間さま、相手は毒蝮《どくまむし》の異名をもつ仁平《にへい》だ。南品にいくつかある地廻りのなかでも、仁平は芳しい噂を聞いたことのない男でね」

「ふうむ、困ったな」

戌《いぬ》ノ刻（午後八時）を過ぎたころから、雨が降りはじめていた。

腕組みする金兵衛の隣では、優男の久太郎が項垂れている。

廻り髪結いの仙三はさっそく、悪党どもの動きを探りに走った。

軒を叩く雨音を聞きながら、三左衛門は重い口をひらく。

「それにしても、三百両とはな」

「おるいは上玉、易々と手放すわけにはいかねえ。仁平のやつはそう吐きすて、乾分《こぶん》どもを嗾《けしか》けたにちがいない。身請料に足抜けの慰謝料を足しても、三百両なんてのは法外な要求だ。やつら、吹っかけてきたんですよ」

金兵衛の洩らすとおりだろう。

仁平の乾分どもは捻り文《ぶみ》を置いていった。

三日以内に三百両を用意すれば、おるいの身柄をこちらへ渡し、足抜けを不問にしてやるという内容だった。

「す、すみません。なにからなにまで……ぜんぶ、わたしのせいです」

久太郎は畳に両手をつき、涙の雫《しずく》をこぼす。

聞けば、五年前におるいと別れたのちも、惚れた娘への恋情を消しさることはできなかったという。それがために、まっとうな商いをやる気にならず、呑む打つ買うの三道楽煩悩《さんどらぼんのう》から逃れられなくなり、金にあかせては料理茶屋、鉄火場《てつかば》、岡場所へと通いつめた。

そして半年前、太物屋から嫁いだ女房に逃げられたにもかかわらず、改悛《かいしゅん》の情すらみせずにいると、ついに堪忍袋《かんにんぶくろ》の緒を切らした父親の淡路屋久右衛門から、絶縁状を突きつけられた。

久離を切られた久太郎は、手蔓《てづる》をたどって遊女屋の消炭《けしずみ》（雑用）となり、糊口《ここう》をしのいだ。

昨日まで金を湯水のようにつかっていた若旦那の見事なまでの転落ぶり、遊女屋の忘八《ぼうはち》には「潔《いさぎよ》い」と褒められたそうだが、久太郎が消炭になった理由は、苦界に沈んだおるいの行方をそれとなく探すためであった。

「蛇《じゃ》の道はへび、世間は広いようで狭い」

と、金兵衛が感心してみせる。

ほどなくして、おるいは品川の岡場所にいることがわかった。

さっそく、久太郎が訪ねてみると、おるいは見る影もなくうらぶれてしまった若旦那の風情に涙を流した。

「なにはともあれ、ふたりは五年ぶりの再会を果たしました。あとは浅間さまのご想像どおり」

「焼木杭に火がついた」

「そういうわけですな」

世間の常識に照らせば、久太郎は箸にも棒にもかからない道楽息子の成れの果てだが、おるいへの恋情だけは本物だったと、金兵衛は代弁する。

「大店の身代《しんだい》よりも、おるいとの道行《みちゆき》を選んだ。それはそれで潔い生き方じゃないですか。ねえ、浅間さま」

「ふむ。が、しかし、なにも死ぬことはあるまい」

三左衛門は穏やかな口調で喋り、久太郎のほうへむきなおる。

「説諭する気はないがな、死んですべてを解決しようとする性根が気に食わぬ。おぬしは二十五、おるいはまだ十九。若い、あまりにも若すぎる。おぬしらが死んで悲しむ者のあることも、すこしは考えてみたらどうだ」

「悲しむ者なぞ……お、おりません」

久太郎は顔をあげ、抗うような目つきをする。

三左衛門は肩をすくめ、深々と溜息を吐いた。

「おぬしにはおらずとも、おるいにはいる。おっかさんだよ。目を患った母親がどうなっちまったか、放蕩者のおぬしは知るまい」

「ど、どうなったのですか」

「物乞いをしておる。弁慶橋のそばで、おしゃか、おしゃかと声を嗄《か》らし、灌仏会の粗末な飾りを売りあるいておったわ」

久太郎は黙りこみ、また項垂れた。

「おるいも知らぬはずだ。町のみんなが親身になって、母親の面倒をみてくれていると信じているにちがいない。だから、この世に未練をのこさず、おぬしといっしょに死のうと決めたのだ。されどな、一抹《いちまつ》の未練はあった。おるいは助けられたとき、わしに礼を言ったのだぞ、ありがとうござりましたとな」

「そ、そんな」

「母が物乞いに堕ちたと知れば、おるいは是が非でも逢いたいと願うだろう。おるいを大事におもうのなら、願いを叶えてやることだ」

「う……うう」

久太郎は畳に俯し、嗚咽《おえつ》を洩らしはじめた。

金兵衛が膝を寄せ、そっと囁《ささや》きかけてくる。

「浅間さま、こんなときになんだが、一句浮かびましたぞ」

「聞きましょう、一刻藻股千《いっこくもまたせん》どの」

と、狂歌号を囁きかえせば、気をよくした金兵衛は詩吟《しぎん》でも唸るように朗々《ろうろう》と発してみせた。

「放蕩をかさねたすえに恥を知る、いかがです」

「ふふん、されば。拙者も一句」

「聞きましょう」

「身の程を知ってようやく一人前、死ぬ気になれば浮かぶ瀬もあり。横川釜飯《よこかわかまめし》拝」

「なるほど、浮かぶ瀬もありですか。佃島の情景が浮かんできますなあ。どうだい、久太郎さん、ひとつ性根をいれかえてみては。おるいと死のうとまでしたおまえさんなら、おるいのために生きることだってできるはずだ。だがね、生きるってことはそれほど甘いものじゃない。なによりもまず、おるいのおっかさんも抱えこむ覚悟がいる。放蕩癖のついたあんたに、それができるかい」

久太郎はくいっと顎を突きだし、びしょ濡れの顔で何度も頷いてみせる。

「それなら、もうひと肌脱いでやってもいい。ねえ、浅間さま」

「乗りかかった船だ。仕方あるまい」

憮然《ぶぜん》と吐きすてながらも、三左衛門の気持ちは品川へと馳《は》せていた。

七

卯の花を腐らせる迎え梅雨《つゆ》にはまだ早いが、雨は丸三日降りつづいた。

指定された期限の卯月四日、三左衛門は仙三をともなって東海道《とうかいどう》を南にのぼった。

「仙三、晴れたな」

「へい、良いお日和《ひより》で。青海原《あおうなばら》にゃ帆掛け船が浮かんでおりますさあ」

日本橋から品川までは二里、三左衛門はおまつが仕立てなおしてくれた濃紺《のうこん》の綿抜きを着流し、のんびりと散策を楽しむように歩んでいる。弓なりの大縄手《おおなわて》からのぞむ江戸湾の景観は雄大そのもので、一日じゅう眺めていても飽きることはない。

品川宿は高輪《たかなわ》方面からみて歩行《かち》新宿《しんじゅく》、北本宿《きたほんじゅく》、南本宿《みなみほんじゅく》の三宿からなっていた。

街道沿いには旅籠《はたご》が軒をならべ、忙《せわ》しなく行き交う旅人たちで賑わっている。

歩行新宿へはいると左手には洲崎《すざき》の弁天《べんてん》、右手には御殿山《ごてんやま》の翠《みどり》がみえてくる。

広大な御殿山の周辺は朱印地《しゅいんち》で、沢庵和尚《たくあんおしょう》のひらいた東海寺《とうかいじ》など名刹古刹《めいさつこさつ》が隙間もなく甍《いらか》をつらねていた。

「右手をみれば甍の波、左手をみれば青海波《せいがいは》」

そういえば、青緡五貫文で下賜《かし》される四文銭の裏には、青海波の文様が彫られている。ゆえに波銭と通称される褒美銭の行方を、ふと、三左衛門はおもった。

どうせ、物乞いに堕ちたおせきが浪費したにちがいない。たとえそうであっても、娘への褒美銭を食いつぶした母のことを、誰が責めることができようか。

――おしゃか、おしゃか。

という嗄れ声が、潮風にまぎれて聞こえてくるような気がする。

さらにすすむと、宿場はいっそう活気を帯びてきた。

北品川一帯の喧噪《けんそう》は、江戸四宿《ししゅく》随一の噂どおりだ。

飯盛女《めしもりおんな》と呼ばれる宿場女郎は三千人を超え、宿場がまるごと色街のような錯覚すらおぼえる。

ふたりは目黒川《めぐろがわ》の河口手前で街道を逸れ、海側の漁師町《りょうしまち》へ降りていった。

目と鼻のさきに、問答河岸《もんどうがし》がある。

名称は第三代将軍家光《いえみつ》と沢庵和尚が禅問答を交わしたことに由来する。

家光から「海が近いのに、なぜ、貴僧の寺は東海（遠海）寺というのか」と糺され、沢庵は「大軍を指揮して将軍（小軍）というがごとし」と応じてみせたというが、作り話であろう。

潮香の漾《ただよ》う問答河岸を仕切るのが、毒蝮の仁平であった。

三左衛門の懐中には、身請料の相場と目される六十両の金しかない。

「浅間さま、敵さんがうんと言わねえときゃ、どうします」

「はあて、出たとこ勝負だな」

「策はねえと仰る」

「策を弄《ろう》するものは策に溺れる。正面から当たってだめなら、その場で機転を利かすしかあるまい」

「仁平の鼻でも殺《そ》いでやりますか」

「ふむ、それもよい手だな」

冗談のつもりで言ったのに、三左衛門から意外な返答がもどってきた。

仙三はわずかに驚き、黙りこむ。

約束の刻限、申《さる》ノ七つ（午後四時）はちかい。

仁平は乾分どもをしたがえ、手ぐすねを引いて待ちかまえているはずだ。

海を背にした河岸のはずれに、地廻りのねぐらはあった。

問屋場《といやば》のように間口はひろく、正面左右には「仁」の字を白抜きにした紺地の太鼓暖簾《たいこのれん》がはためいている。

潮風は土埃《つちぼこり》を巻きあげ、鉄砲笊《てつぽうざる》が地面を転がってゆく。

見張りであろうか、髷先を散らした半端者がこちらを目敏《めざと》くみつけ、ねぐらのなかへ駈けこんでいった。

すぐさま、ぞろりと長い黒無地の看板を纏った連中が押《お》っ取《と》り刀《がたな》で飛びだしてくる。

「これはまた、大袈裟な歓迎だな」

三左衛門が笑いかけても、仙三は頬を引きつらせたままだ。

無理もない。大勢の荒くれどもが眦《まなじり》を吊りあげている。

「仙三、ここで待っておれ」

「つ、ついていきやすよ」

と吐きすてながらも、仙三の足は動かない。

三左衛門は袖を靡《なび》かせ、大股でずんずん進んでゆく。

「ふへえ、来やがったぜ。恐《こえ》え物知らずの野郎がよ」

群れの中心で呆れてみせる男が、仁平であろう。

体つきは猪首《いくび》の固太り、底意地の悪そうな面つきをしている。

「毒蝮の仁平か」

「おめえは夕月楼の用心棒かい」

「いいや、金兵衛さんの釣り仲間だよ」

「けっ、釣り仲間だと。聞いたか、おめえら、お人好しの太公望さまがお出ましだぜ」

乾分どもの嘲笑《ちょうしょう》が鳴りやむのを待ち、三左衛門は口をひらいた。

「おるいはどうした」

「どうしたとは」

「三百両と交換に身柄を引きわたす約定《やくじょう》であろう」

「おぼえてねえなあ」

「ほう、世の中には妙なこともあるものだ。ひとを品川くんだりまで呼びつけておきながら、わざわざ来てみれば約定を忘れたという。にもかかわらず、喧嘩仕度で待ちかまえておるとはな、妙なはなしではないか」

「減らず口を叩くんじゃねえ。金は用意してきたのかよ」

「ああ、おのぞみどおりな」

「ここは地獄の一丁目、問答無用の問答河岸だ。おめえ、恐かねえのか」

「いっこうに」

「糞度胸に免じて教えてやらあ。おるいはな、高輪大木戸《おおきど》の安女郎屋へ鞍替《くらが》えさせちまったよ。げへへ、残念だったたな。黙って金だけ置いていけや、言われたとおりにすりゃ命だけは助けてやるぜ」

「ふっ、そういうことかい。おい、仙三」

大声で呼びつけると、仙三が独楽鼠《こまねずみ》のようにすっとんできた。

三左衛門は懐中から、ずっしりと重い胴巻きをとりだす。

「よいか、これをもって高輪大木戸へ走れ」

「合点承知之介」

刹那、仁平が怒鳴りあげた。

「野郎ども、あいつを逃すんじゃねえ」

乾分ふたりが段平《だんびら》を抜き、喚《わめ》きながら駈けてくる。

三左衛門は両手をひろげ、壁となって立ちふさがった。

「どけ、この野郎」

突きかかってきた相手の右腕をとり、ひょいと捻りあげる。

捻りながら段平を奪い、もうひとりの首を真横から無造作に薙《な》いだ。

「うおっ」

おもわず、仁平が声をあげた。

夥しい鮮血を散らし、乾分の首が刎《は》ねられたとおもったのだ。

が、首皮一寸のところで、段平は峰にかえされていた。

乾分は首筋を強打され、声もなく頽《くずお》れてゆく。

仁平たちは仰《の》けぞり、唾を呑みこんだ。

さきほどまでの余裕はない。

乾分どもは殺気を漲《みなぎ》らせ、段平の柄に手をかけた。

三左衛門は裾の埃を払い、ゆったり近寄っていく。

「仁平よ、おぬしを甘くみすぎたようだ」

「あんだと」

「おぬしは、ちと痛い目をみたほうがよい」

「くそったれ、野郎ども、殺《や》っちまえ」

「うおお」

喊声《かんせい》とともに、乾分どもが圧《お》しよせてくる。

三左衛門は身を沈め、越前康継の小太刀を抜いた。

濤瀾刃を閃かせつつ、縫うように駈けぬける。

「あへっ、うぎゃっ」

峰で骨を打つ音と、乾分どもの呻きがかさなった。

「ぬぐっ」

気づいてみれば、仁平の鼻面に鋭い刃の切先が翳《かざ》されている。

「鼻を殺いでやろうか」

と、三左衛門は口走った。

「ま……待ってくれ」

「なにを待つ」

「おれが……わ、悪かった」

「いまさら謝っても遅いわ」

三左衛門は仁平の右腕を搦《から》めとり、肘のしたに膝を差しいれた。

「ふん」

気合いを籠め、腕を小枝のように折ってみせる。

「ぎゃあああ」

妙な方向へ曲がった腕を押さえ、仁平が地べたに転がった。

「金兵衛さんの顔を撲ったお礼だ。おぬしのごとき悪党は、問答無用で斬ってすてても罰《ばち》は当たらぬ。が、今日のところは腕一本で勘弁してやろう。柳橋へは二度と面をみせるな。面をみせたら鼻を殺いでやるからな」

仁平は刃を呑んだような顔で、苦しげに何度も頷いてみせる。

乾分どもは朽ち葉のごとく萎《しお》れ、刃向かう気力すら失せていた。

鞍替えさせられたおるいのことなら、鼻の利く仙三がすぐにみつけるはずだ。

高輪大木戸あたりの安女郎屋ならば、身請料で六十両も出せば釣りがくる。なぜ、ここまでしてやらねばならぬのかという気もするが、これも何かの縁と考えるよりほかにない。

佃島まで海釣りにゆき、鱚のかわりに不心中者を釣りあげた。

釣りあげた以上は最後まで面倒をみてやらねば、おまつに叱られてしまう。

三左衛門は小太刀を鞘におさめ、意気揚々《いきようよう》と問答河岸をあとにした。

八

遠くの大路から「萌葱《もえぎ》のかやあ」と、蚊帳《かや》売りの声が聞こえてきた。

風情のある売り声を邪魔するように、紙帳《しちょう》売りが「しちょう、しちょう」と忙しなく叫びつつ露地裏を流してゆく。

もうすぐ、蚊の季節がやってくる。長屋の連中には、寝具を質に入れて蚊帳を買うものが多い。秋になれば蚊帳を質に入れ、こんどは寝具を買いこむのだ。高価な蚊帳を買えない連中は、蚊に刺されても忍の一字をきめこむか、風を通さぬ紙帳のなかで寝苦しい夜を過ごすしかない。

卯月八日、灌仏会。

寺社では牡丹《ぼたん》や芍薬《しやくやく》などで花御堂《はなみどう》をつくり、釈迦の生誕を祝う。子供らは楽しそうに柄杓《ひしやく》を提げ、近所の寺へ甘茶を貰いにゆく。長屋でも軒先に白い卯の花を飾り、隣近所に新茶やいただき餅《もち》をくばる。

三左衛門はおすずと甘茶で墨をすり、札に虫除けの呪《まじな》いを綴《つづ》ると、板戸や簞笥や櫃などに逆さにして貼りつけた。

堀江町三丁目から四丁目の界隈《かいわい》を「照降町」と呼ぶ所以《ゆえん》は、表通りに履物屋と傘屋が多いからだが、北寄りの一丁目は団扇屋《うちわや》が多いので「団扇町」と呼ばれている。

「団扇屋は紙をつかう。だから、一丁目は虫除けのお札だらけさ」

おまつによれば「蟲《むし》」という字の逆さ札がそこらじゅうに貼りめぐらされ、気色悪いほどらしい。

「逆さ札といえば、おまえさん、神田岩本町の町役人たちが弁慶橋に吊るされたっていうじゃないか。みんな、額のところに逆さの忠の字が入墨されていたんだってねえ」

「誰に聞いた」

「瓦版《かわらばん》になったくらいだから、いまごろは江戸じゅうが知っているよ」

「瓦版になったのか」

「おや、知らなかったのかい」

町役たちが吊るされたことは、金兵衛から聞いていた。

だが、今朝の瓦版に載ったことまでは知らなかった。

庄六をふくめた町役六人が弁慶橋の欄干《らんかん》から吊るされたのは、一昨日の晩のことだ。おるいを親孝行者に仕立てあげた連中がみな、何者かによって制裁を受けたのである。

欄干には、荒縄で捨て札が縛りつけられていた。

――これら不届《ふとど》き千万《せんばん》なる不忠者ども、天に代わって成敗《せいばい》いたす。

忠の逆さは不忠、お上を欺《あざむ》いて青緡五貫文の名誉をせしめた五年前の行為が、乱筆書きの捨て札によって白日のもとに晒された。

「おまえさん、火のないところに煙は立たぬというからね」

庄六たちはいま、町奉行所に身柄を預けられている。

厳しい詮議《せんぎ》を受ければ、罪を白状するにちがいない。

やわな町人なら、十露盤板《そろばんいた》に正座させられ、膝に伊豆石《いずいし》一枚載っけられただけでも音をあげてしまうだろう。

「緡で結んだ銭のごとく、六人は横並びにぶらさがっていたんだって。瓦版には絵まで描いてあったそうだよ」

三左衛門はまだ、おまつに詳しい顚末《てんまつ》をはなしていない。

「まさか……おまえさんがやったんじゃ」

「案ずるな、わしではない」

「それじゃ誰が」

「庄六の飼っていた用心棒さ。尾州丸とかいう通り者だ」

「通り者ねえ」

早耳の仙三が弁慶橋に走り、吾助から聞きだしてきた。

尾州丸は悪党だが侠気のある男で、庄六を散々に痛めつけたあげく、おるいを騙した経緯を吐かせたのだという。そして、震える吾助を使いに走らせ、すでに鬼籍に入った当時の名主をのぞき、五年前の一件に関わった五人組全員を屋敷に誘いだすや、束にまとめて縄で括った。

さらには、六人の額に「逆さ忠」を入墨し、金釘流《かなくぎりゅう》の文字で捨て札を書きあげ、人気のない時刻を見計らって、六人を弁慶橋に吊るしたのだ。

尾州丸の膂力《りょりょく》をもってすれば、造作もないことだろう。

吾助は手伝わされるかわりに、どうやら難を逃れたらしい。

尾州丸は六人を吊るしたあと、帳場箪笥から金を奪って何処《どこ》かへ消えた。吾助も居たたまれなくなり、仙三に顚末を喋った直後に町を捨て、すがたをくらましてしまった。

「町役たちは自業自得だな」

吊るされてはじめて、騙された者の痛みを知ったことだろう。

「おまえさん、それはそうと、おるいちゃんの気持ちは固まったのかい」

「ふむ、ようやくな。久太郎と生きてゆく決心がついたらしい」

「それなら、ひと安心だね」

おるいは、高輪大木戸の車町《くるまちよう》にある薄汚い四六見世《しろくみせ》でみつかった。

四六見世とは、昼六百文、夜四百文で遊ばせる安女郎屋のことだ。

強突張《ごうつくば》りな抱え主に足許《あしもと》をみられ、五十両もの身請料を吹っかけられたが、それでも十両はふたりのためにのこった。

「この五年、おるいはどうやって死のうかと、毎日、そればかりを考えていたそうだ」

「無理もないよ。十四のころから生き地獄をみてきたんだからね。五年もよく耐えられたものさ」

「いざとなれば、そう簡単に死ねるものではない。しかも、おるいは庄六と吾助に約束した自分のことばを、ちゃんとおぼえていた」

「一生懸命はたらいて、年季奉公が明けたら必ず帰ってきます。それまで、おっかさんをくれぐれもよろしくおねがいします。そう、約束したんだったね」

唯一、それがおるいの命をこの世に繋ぎとめておく呪縛《じゅばく》であった。

ところが、死のうか生きようか迷いつづけているところへ、五年ぶりに相惚れの男があらわれた。

「久太郎との再会は、おるいにとって渡りに船だったのさ」

「好いた男に背中を押され、おっかさんへのおもい、この世への未練が薄まっちまったんだねえ。まったく、久太郎ってのは罪な男だよ」

「まあ、そう言うな。久太郎も地獄をみた。どん底から這いあがろうと藻掻いておる。三道楽煩悩を捨てて性根を入れかえると、おるいにも約束したのだ」

「ふうん、でも、おまえさん、肝心なことがまだひとつのこっているよ」

「そうだな」

三左衛門は土間へ降り、虫除け札の貼られた腰高障子を開けた。

空を仰げば雨雲がどんより垂れこめ、さきほどから冷たいものが落ちている。

庇間《ひあわい》のむこうから、男がひとり撥ねを飛ばしながら駈けてきた。

「仙三か」

「浅間さま、みつかりましたぜ。願人釈迦のかしらに聞いたんだから、こいつはたしかなはなしだ。小石川《こいしかわ》は伝通院《でんづういん》裏手の雑木林でさあ。おせきはきっとそこにおりやす」

「ん、よくやった」

「ふたりを連れて、さっそくめえりやしょう」

生き地獄をみさせられた母と娘は、五年ぶりに再会を果たす。

ただ、おせきは娘のことを知らない。生きているかどうかさえ、知らずにいる。

三左衛門は、おるいに立会いを頼まれていた。

海で救われた男に、もう一度救ってほしいとでもおもったのか。

母は自分の顔を忘れてしまったのではないか。

逢っても拒否されてしまうのではないか。

悪いことばかりが浮かんで、おるいは恐いのだという。

「おまつ、ちょっと行ってくる」

「待って、おまえさん」

おまつはつつっと近寄り、燧石《ひうちいし》を打ってくれた。

事情を知らないおすずまでが、眩しそうに凝視めかえしてくる。

再会に立ちあったところで、何をどうするというわけではない。

うまくゆくように祈念しながら、黙って見守るしかなかった。

「おまえさん、これ」

おまつに番傘《ばんがさ》を手渡された。

軒下をみやれば、白い卯の花が雨粒を弾いている。

三左衛門は番傘をさし、俯き加減で歩みはじめた。

九

日没までは間があるというのに、あたり一面は薄暗い。

雑木林からは、時折、杜鵑《ほととぎす》の鳴き声が聞こえてきた。

空気を裂くような声だ。

真っ赤な口のなかをみせ、懸命に鳴いているのだろう。

三左衛門は「鳴いて血を吐くほととぎす」という川柳をおもいだし、不吉なおもいにとらわれた。

「浅間さま、手前もいま、おなじ句を浮かべましたよ」

金兵衛が番傘をかたむけ、にっこり笑いかけてくる。

目の痣はほとんど消えかけ、福々しい柔和な顔にもどっている。

おるいと久太郎が仲良く相傘《あいがさ》でつづき、傘のない仙三だけが濡れ鼠で先導役を引きうけていた。

雑草の生えた小径《こみち》はぬかるみ、踝《くるぶし》まで泥に埋まることもある。

「こんなところに、愛染堂《あいぜんどう》があったとはな」

金兵衛の独り言に、仙三が振りかえった。

「草に埋もれた小さな祠《ほこら》で、朽ちかけてはおりますがね、むかしは一面六臂《いちめんろっぴ》の愛染明王《みょうおう》さまが祀《まつ》られていたと聞きましたよ」

「ほう、愛染明王さまがなあ」

「盗まれましたがね。罰当たりな野郎もあったもんです」

愛染明王は、怒髪《どはつ》を逆立てた赤い憤怒《ふんぬ》の形相で描かれる。

蓮華座《れんげざ》のうえに結跏趺坐《けっかふざ》し、三本の右手には金剛杵《こんごうしょ》と矢と蓮華、左手二本に金剛鈴と弓をもち、一本の手だけは金剛拳の空手《くうしゅ》である。修行者の望むところにしたがい、もつべき対象が異なるというのだ。

たとえば、富を欲するものは宝珠《ほうじゅ》を、息災を祈願するものは日輪《にちりん》を、調伏《ちょうぶく》を念じるものは一鈷《いっこ》を、愛を求めるものは蓮を、延命は甲冑《かっちゅう》を想起しつつ、一心不乱に陀羅尼《だらに》を唱えれば、かならず願いは叶うという。

さしずめ、若いふたりが想起するものは蓮であろうなと、三左衛門はおもった。

「それにしても因果なものだ。のう、久太郎さん」

「はい、まことに」

金兵衛が振りむくと、久太郎は相傘のなかでかしこまった。

愛染明王は、紺屋の奉じる職業神にほかならない。

愛染と藍染を掛けた洒落《しゃれ》だが、久太郎の実家にも創業時につくられた愛染堂があるという。

「おまえさんたちは藍染川のそばで生まれ、川で遊びながら育った。おせきさんも、愛染さんにはおもいいれが深かろう」

おせきが雑木林にある朽ちた祠をねぐらにしている理由を、金兵衛はそう説いた。

「浅間さま、ちがいますかねえ」

「仰るとおりでしょうな」

杜鵑がまた、鋭く鳴いた。

卯の花腐《くだ》しの雨は降りつづいている。

「ほら、あれですよ」

仙三が足をとめ、指を差した。

三尋《みひろ》はありそうな欅のそばに、小さな祠がみえる。

「あすこに……おっかさんが」

おるいは相傘のなかで、声を震わせた。

「ああ、そう聞いたぜ。この目でたしかめたわけじゃねえがな」

仙三は進もうかどうしようか、躊躇《ためら》っている。

ほかの連中もおなじで、足がまえへ出ない。

「詮方あるまい」

三左衛門はみなに促されるまま、祠へ近寄っていった。

欅の蔭が闇を濃くしている。

ひとの気配はない。

祠の観音扉を開けた途端、三左衛門は息を呑んだ。

牡丹に芍薬、百合《ゆり》に藤に杜若《かきつばた》、そして雪のような卯の花、狭い御堂のなかは足の踏み場もないほど、色とりどりの花々で飾られている。それらが何本もの燈《とう》明《みょう》によって、照らされているのだ。

「おい、来てみろ」

三左衛門の呼びかけに応じ、四人が駈けよってきた。

「これは」

「さよう、花御堂だな」

「おや、浅間さま、あれを」

「ん」

金兵衛の眼差しをたどると、奥のほうに妙なものがぶらさがっているのに気づいた。

「なんだろうな、暗くてわからぬが」

「浅間さま、燈明を照らしてみなされ」

「よし」

拾いあげた燈明を翳した途端、みなは声を失った。

「銭だ、青緡五貫文だ」

と、仙三が興奮しながら叫んだ。

おるいはわっと泣きくずれ、祠のまえに屈みこんでしまう。

金兵衛がつぶやいた。

「緡で結んだ波銭が千と二百五十枚、あんたのおっかさんは物乞いになっても、こいつだけはだいじにとっておいたんだな」

青緡五貫文はおせきの誉れ、縋《すが》るべき寄辺《よるべ》であった。

灌仏会の特別な日に、おせきは高価な燈明を何本も立てた。愛染明王の替わりに銭の簾《のれん》を奉じ、御堂を可憐な花々で飾ってみせたのだ。

祠の屋根は半分破れ、激しい雨風を凌《しの》ぐのは難しそうだ。

いったい、おせきは何処へいってしまったのか。

三左衛門は、切なげに溜息を吐いた。

「お、こんなところにうろがあっぞ」

仙三がみなを呼んだ。

欅のうねるような太い根のうえに、なるほど、ひとひとりが隠れることのできそうな樹洞《じゅどう》がある。

仙三に手招きされ、三左衛門は屈みこんだ。

「浅間さま、誰かおりやすぜ」

「ふむ、そのようだな」

心ノ臓が早鐘《はやがね》を打ちはじめた。

あきらかに、ひとの息遣いを感じる。

樹洞を覗いてみると、闇が微かに蠢《うごめ》いた。

「おせきさんか、わしらは怪しい者ではない。出ておいで」

返事はない。

おるいが濡れ髪を乱し、近寄ってくる。

「おっかさん、おっかさん、そこにいるのかい」

じっと俯く人影が、顔をあげたように感じられた。

つぎの瞬間、蚊《か》の鳴くような声が洩れ聞こえてきた。

「その声は……もしや」

「おるいだよ、おっかさん、おるいだよ」

いつのまにか、雨はあがっている。

雲間から、一条《ひとすじ》の光が射しこんだ。

神々しく照らしだされた樹洞の奥から、窶れきった女が顔を出す。

「みえる、みえる、おるい……おまえは、ちっとも変わっていないねえ」

「おっかさんだって」

おるいは涙を怺え、おせきの痩《や》せた肩を抱きよせた。

久太郎がしゃくりあげながら、番傘をさしかける。

仙三は泣き顔をみられたくないのか、こちらに背をむけた。

「浅間さま、こんなときになんだが」

と、金兵衛が囁きかけてくる。

三左衛門は人差し指を立て、そっと唇《くち》もとに当てた。

へぼ句ならば、あとでいくらでも聞いてやる。

いまは五年ぶりに再会できた母と娘を、黙って凝視めてやりたいと、三左衛門はおもった。

遠雷雨燕《えんらいあまつばめ》

一

両国橋の真上に大輪の花が爆《は》ぜたときから、江戸の暑い夏ははじまる。

今日も朝から風はそよとも吹かず、空は恨めしいほど晴れわたっていた。

照降町の九尺店《くしやくだな》に燻《くすぶ》っていても、おまつに鬱陶《うっとう》しい顔をされるだけなので、三左衛門はこのごろ町を彷徨《うろつ》きまわるようになった。

投句の取次茶屋で引札《ひきふだ》を貰い、散策の道すがら横丁の縄暖簾《なわのれん》で一杯ひっかける。歩き疲れて干涸《ひか》らびた咽喉《のど》に、くっと冷酒を流しこむ。至福の瞬間を味わうために、茹《う》だるような炎天下へ繰りだしてゆく。

矢立《やたて》と小銭を懐中へしのばせ、汗を搔きながらそこいらじゅうを彷徨きまわり、ときには昼餉《ひるげ》にも帰らず、暮れ六つちかくまで濠端《ほりばた》で涼んでいることもある。

三左衛門は伊勢町《いせちょう》から浮世小路《うきよしょうじ》へすすみ、脇目も振らずに取次茶屋へ足をむけた。

格子むこうには、顔馴染《かおなじ》みの若い衆が眠たそうに座っている。

十二文の入花料《にゅうかりょう》を払って投句を手渡し、それと交換に前句付出題帖《まえくづけしゅつだいちょう》の引札を貰わねばならない。

引札には点者があらかじめ七・七形式で詠《えい》じた狂歌の前句が載っており、入花者はこれに五・七・五の付句を詠《よ》みあわせて投稿する。上席に選ばれた付句は一句立《いっくだて》の川柳ともなり、絵馬《えま》や摺り物などに公表され、市井《しせい》に暮らすひとびとの口の端にのぼる。

若い衆が格子に鼻をちかづけてきた。

「まいどあり。旦那、お暑うござんすねえ。こう暑いと食もすすみやせん」

「冷やし汁でも食えばよい。削り節と昆布《こんぶ》で出汁《だし》をとって味噌に溶く。味噌は仙台味噌がよいな。溶いたら裏漉《うらご》しして冷たい水で冷やかし、冷や飯をぶっこむ。梅干《うめぼし》か塩昆布さえあれば何杯でもいけるぞ」

「ほ、さようで。なんだか腹が空いてめえりやした」

「そろそろ巳《み》ノ四つ（午前十時）、小腹も空くころさ」

気軽に詠じた句が摺り物に載って以来、三左衛門は投句のおもしろさを知るようになった。俳句のように難しい約束事はない。おもいつくままに一句ひねり、懐紙にさらさら書きつける。書きつけただけでも満足できるが、他人に褒《ほ》められればなお楽しい。

投句のおかげで知己《ちき》も得た。夕月楼の主人である金兵衛しかり、半鐘《はんしよう》泥棒《どろぼう》の綽名《あだな》で知られる不浄役人の八尾半四郎しかり、半四郎の伯父で鉢物名人の半兵衛《はんべえ》とも出逢うことができた。

ともあれ、元手もさほど要らず損もせず、無聊《ぶりよう》を慰めるにはちょうどよい趣味だ。手にした引札には、摩具曾浮夢《まぐそふむ》という著名な点者の出題になる前句が載せてある。

「目に涼しげな景色なりけり、か……ふうむ、なるほど」

三左衛門は涼しげな景色を探そうと、蚤取り眼《のみとりまなこ》であたりをみまわした。

どこからともなく、焼き魚の香ばしい匂いが漾《ただよ》ってくる。

「百川《ももかわ》か」

浮世小路には、長屋暮らしには敷居の高い一流の料理茶屋があった。

匂いに誘《ひあわい》われて裏手へまわると、建物の引窓から煙がもくもくと吐きだされている。庇間から覗いてみればそこは板場、鬢《びん》に霜のまじった庖丁人《ほうちようにん》が鉄串《てつぐし》に刺した魚のかまを焼いていた。

「ほほう、鱸《すずき》だな」

おもわず口をひらくと、庖丁人は不審な顔ひとつせず、さりげなく応じてみせた。

「真夏は鱸の塩焼きよ。かまは脂がのっていっちうめえ」

溜まった唾を呑みこんだ途端、たたみかけられた。

「こいつが食いてえんなら、表へまわってくれ。ただし一見《いちげん》さんはお断りだ。どのみち貧乏人に鱸のかまは食えねえよ」

三左衛門は、憮然《ぶぜん》とした顔で板場を去りかけた。

「待ちねえ、ご浪人」

庖丁人が背中に声を掛けてくる。

「かまは無理だが、切り身のほうなら食う手はなくもねえ。いまから仕出し弁当を五十人前こさえる。今日一日かぎりだ。相伴《しようばん》にあずかりたけりゃ、奥方に反《たん》物《もの》を買ってやるこった。なあに、安物一反でいい」

何処《どこ》かの呉服屋が仕掛けた人寄せの趣向らしい。

反物を買った客なら一見だろうと貧乏人だろうと、先着五十人までは『百川』の仕出し弁当が無料で振るまわれる。

「なんとも粋なはからいさ」

「その呉服屋というのは」

「現銀安値掛値《げんきんやすねかけね》なし、店先で一反売りからやる呉服屋は江戸ひろしといえども、ざらにはねえ、丸に井桁《いげた》三の字だよ」

「越後屋《えちごや》か」

天下の三井《みつい》越後屋が日頃のご愛顧への感謝にと、有名な料理茶屋から取りよせた仕出し弁当を馳走《ちそう》する。たとえ五匁《もんめ》銀一枚で買える格安品だろうが、反物を買えば鱸の塩焼きにありつけると知り、三左衛門は駿河町《するがちょう》へ急いだ。

浮世小路から南北大路（中山道）を斜めに突っきれば、室町《むろまち》、駿河町、本両替町《ほんりょうがえちょう》とつづいて濠端《ほりばた》へたどりつく。室町から駿河町にかけては町木戸を挟み、総二階造り間口二十八間半の『越後屋』がでんと構えていた。

呉服をとりあつかう北側本店の隣には両替店、対面には木綿《もめん》や関東絹をあつかう南側向店《みなみがわむかいてん》がある。庇下通道《ひさししたとおりみち》と称される売場前の通路は幅一間もあり、反物も買わずに日陰の縁台で憩《いこ》うだけの者も多い。錦絵《にしきえ》にも描かれるとおり、目抜き通りの両側に屋根看板の林立する遥《はる》か彼方《かなた》には、富士が美しい裾野をひろげていた。

「お」

たどりついてみると、老若男女が庇下から通りへはみだし、すでに長蛇の列をつくっている。

「おい、何事だ」

ためしに尋ねてみると、職人風の男が「さあ」と首をひねる。

ほとんどは、何も知らずに群れている野次馬《やじうま》たちなのだ。

やがて、越後屋本店名代《みょうだい》という偉そうな肩書きの商人があらわれた。

「みなみなさま、お騒がせ申しあげてあいすみませぬ。まことに残念ながら、百川の仕出し弁当は売りきれてしまいました。店のもの一同、またのご来店をお待ち申しあげておりますれば、何卒《なにとぞ》ひらにご容赦《ようしゃ》のほどお願いたてまつりまする」

まるで、歌舞伎《かぶき》役者の口上である。

野次馬のなかには喝采《かっさい》するお調子者まであった。

「けっ、くそおもしろくもねえ」

さきほどの職人が悪態《あくたい》を吐《つ》き、くるっと踵《きびす》をかえす。

貧乏人どもがつられるように、三々五々散りはじめた。

なるほど、こうして人が集まっただけでも宣伝効果はある。

「さすがは越後屋、やることにそつがないわ」

弁当を食えないのは口惜しいが、おまつに反物を買ってやる理由もなくなった。

三左衛門は仏頂面《ぶっちょうづら》をつくり、通りを西へ歩みはじめる。

と、そこへ、出しぬけに声を掛けられた。

「おい、浅間三左衛門」

日陰になった縁台の奥に、白髪の隠居がひとり座っている。

「わしじゃ、こっちへ来い」

手招きしてみせるのは、八尾半兵衛であった。

「どなたかとおもえば、半兵衛どのですか」

「わしでわるかったな。難しい顔をしくさりおって、何処へ行く」

「濠端へでも」

「涼みに行くのか、暇人《ひまじん》め」

みるからに矍鑠《かくしゃく》とした老人は、逢えばかならず憎まれ口を叩く。

癖がつよいので甥の半四郎には煙たがられているものの、三左衛門とは妙に馬が合う。

「暇人に暇人呼ばわりされる筋合いはござりませぬな」

「小癪《こしゃく》な、口ごたえするでない。おまつどのがおらんかったら、おぬしなぞ疾《と》うに野垂《のた》れ死んでおるわ、くははは」

半兵衛は忠義一筋で公儀に仕えたのち、隠居後はあっさり御家人株を売りはらい、下谷同朋町《したやどうぼうちょう》に庭付きの瀟洒《しょうしゃ》な平屋を構えた。

子はおらず、妻には先立たれたが、おつやという親子ほども年のはなれた女と暮らしている。おつやは千住宿《せんじゅしゅく》の飯盛女《めしもりおんな》だった。美人でも愛嬌があるわけでもないが、情の深いところを気に入られて身請けされた。

いずれにしろ、半兵衛は悠々自適《ゆうゆうじてき》の楽隠居、変わり朝顔や万年青《おもと》を育てる鉢物名人としても知られ、小遣いをたっぷり稼いでいた。誰もが羨《うらや》むほどの恵まれた晩節をおくっているのだ。

「おぬし、百川の仕出し弁当に惹《ひ》かれてまいったのであろうが。ふっ、顔にそう書いてあるわ」

「半兵衛どのは、またどうして」

「きまっておろうが、おつやに反物を買ってやるためさ。じつは昨夜《ゆうべ》、商人風体の見知らぬ男があらわれてな、今日の午前中に越後屋までやってくれば何やらよいことがあると、おもわせぶりに抜かす」

無視しようとおもったが、妙に気になって仕方ない。

それで、暑いなかをわざわざ出向いてきたというわけだ。

「来てみたらほれ、手代がこんなものを寄こした」

半兵衛は手をひらき、番号の記された仕出し弁当の整理札をみせてくれた。

「せっかくじゃから食って帰ろうとおもうてな、羨ましいか」

「いっこうに」

「痩せ我慢をするな。百川といえば大名家の留守居役《るすいやく》が接待につかうほどの料理茶屋、仕出し弁当には旬《しゅん》の馳走が詰まっておることとじゃろうて。くふふ、噂によれば鱸の塩焼きがはいっておるとか」

幸運とは得てして、期待もしない者のところへ転がりこむものだ。

三左衛門はげんなりした。

「しょげるな。こうして縁台に座っておると、なかなかおもしろいぞ。さまざまなおなごがやってくる。多いのは町屋の女房じゃが、眉《まゆ》の剃《そ》りあとも初々《ういうい》しい武家の新妻なぞもあらわれよる。ぬほほ、一日じゅう居ても飽きぬほどじゃ……ぬ、莫迦《ばか》にしおったか。わしを提灯《ちょうちん》で餅を搗《つ》く耄碌《もうろく》爺《じじい》とでもおもうておるのじゃろう」

「微塵《みじん》も」

「嘘をこけ」

戯《ざ》れあっていると、妙齢《みょうれい》の娘が通りを横切って近づいてきた。

矢羽柄《やばねがら》の着物、しの字髷《まげ》に椎茸髱《しいたけたぼ》、あきらかに大奥《おおおく》勤めの女中だ。緞子《どんす》袋《ぶくろ》におさめた短刀を帯に差し、供人《ともびと》らしき初老の男までしたがえている。

「大奥からの使いとは、めずらしいですな」

「なにもめずらしいことではない。越後屋は呉服御用達《ごようたし》の金看板を掲げておる」

御用達商人は城へ伺《うかが》うのが通例だが、店頭の出物を物色しに御殿女中が訪れることもままあるらしい。

「女のほうは局《つぼね》に傅《かしず》く多聞《たもん》（下女）でしょうか」

「さよう、供人のほうはおそらく、御菜《ごさい》じゃな」

「御菜」

「局に飼われた下男《しもおとこ》よ。大奥の七つ口に控え、主人の用命で買い物などの雑用をこなす……ん、あの男」

半兵衛は口を噤《つぐ》み、目を糸のようにほそめた。

御菜の男は千草《ちぐさ》の股引《ももひき》に唐桟《とうざん》の着物を纏《まと》って尻を端折《はしょ》り、二尺足らずの刀を一本差しにしている。外見は大柄で猫背、油断のない目つきから推《お》せば、ただ者でないことは一目でわかった。

突如、庇下に風が吹きぬけ、矢羽柄の裾がはらりと捲《めく》れた。

微かに匂いたつのは沈香《じんこう》か。

ふと、付句が一句浮かんだ。

「庇下逃げこむ風の通道《とおりみち》、目に涼しげな景色なりけり」

「へぼ句を詠んだな」

皮肉を洩らしつつも、半兵衛の目は御菜の男を追っている。

「いかがなされた」

「ふうむ、どうも気になる。おぬし、これをやるから、ちと頼まれてくれ」

半兵衛は男から目をはなさず、仕出し弁当の整理札を差しだした。

越後屋の床下は深い穴蔵になっており、いざというときは千両箱を運びだす抜け裏がある。

二

そんなはなしを、宵の川面に漕《こ》ぎだした涼み船のうえで聞いた。

長さ八丈の九間一丸《くまいちまる》とまではいかぬが、金兵衛の調達した豪勢な屋根船で大川《おおかわ》へ繰りだし、柳橋の芸者衆を侍《はべ》らせつつ酒を呑みかわしながら、三左衛門は贅沢《ぜいたく》な気分を味わっている。

昨日、半兵衛に頼まれた内容は、多聞と御菜の帰る先をたしかめることだった。

半兵衛はあきらかに、御菜の男を見知っていた。過去のいずれかの時点で接点があったにちがいない。そこまでの憶測《おくそく》はできたが、何ら目的も告げられぬまま「この一件は半四郎には喋るな」と、釘を刺された。

「浅間の旦那、なんぞお考え事でござんすか」

かたわらに侍《はべ》る芸者が、しなだれかかるように酒を注ぐ。

ぽんと花火が打ちあがるたびに、芸者衆の嬌声《きようせい》が響いた。

「玉屋《たーまや》あ」

上機嫌な赤ら顔の男は半兵衛の甥、南町定廻りの八尾半四郎である。六尺豊かな堂々とした体軀《たいく》に格子縞《こうしじま》の着流しを纏い、角張った顎《あご》を突きだしては盃を干してゆく。

「へへ、金兵衛もたまにゃ粋なはからいをしてくれる。ねえ浅間さん、これほどの贅沢ができるんだ、歌詠みの会も捨てたもんじゃねえぜ」

半四郎の言うとおりだが、三左衛門の顔色はどことなく冴《さ》えない。

「さては、おまつどのに罪を感じておられるな。屋根船に芸者、酒に花火、なるほど、ここは狭苦しい九尺店とは別世界だぜ。ふふ、たまには羽目《はめ》をはずしなされ。四角四面では世の中渡ってゆけぬ。のう、金兵衛」

「八尾さまの仰《おつしや》るとおり。浅間さま、涼み船をご堪能なされませ。艶《えん》な芸者とさしつさされつ波に揺れ、微酔《ほろよ》い気分で一句詠む。これにまさる贅沢はござりませぬよ」

「うほっ、金兵衛、ちと詠みたくなってきたぞ」

「どうぞ八尾さま、もとい屁尾酢河岸《へおすかし》どの、ご遠慮なさらず。硯《すずり》に筆、短冊も用意してござりますれば」

屁尾酢河岸とはまた、ずいぶん臭そうな狂歌号である。

何事につけて猪突猛進《ちょとつもうしん》、若さと懸命さが売りの半四郎も、二十七になって少しばかり角がとれてきた。ただ、あいかわらず色恋には疎《うと》いようで、おまつのもちこむ縁談は成就《じょうじゅ》したためしがない。

三左衛門は芸者に酌をされながら、筆を嘗《な》める半四郎に水をむけた。

「ところで、さきほどのはなしですが……越後屋の床下に抜け裏があるとかいう」

「ああ、それは伯父御が教えてくれたのですよ」

「半兵衛どのが」

「ええ」

抜け裏は路面の底深く掘られた隧道《ずいどう》に繋《つな》がり、隧道はくねくねと曲がりながら北鞘町《きたさやちょう》の地下を横切って一石橋《いちこくばし》のたもとまで通じている。川縁《かわべり》の一画には越後屋専用の荷船が常泊しており、いざというときは千両箱を積んで日本橋川を馳《は》せくだるのだ。さらに、鉄砲洲稲荷のさきには樽廻船《たるかいせん》が碇泊《ていはく》しており、いつなりとでも京の本店へ荷を運ぶ用意はできているという。

「まさか」

「と、おもうでしょ」

半四郎はくっと盃を呷《あお》り、薄く笑いながらつづけた。

「なんといっても恐いのは火事です。いったん火が出たら、金品はぜんぶ地下の穴蔵へ投げいれ、分厚い板で蓋をして隙間に土を塗りこむ。余裕がなければ砂をかける。そのために数多《あまた》の砂袋が常備されてあるとか」

店の裏手には庇蔵《ひさしぐら》がならび、こちらも地下に穴蔵が掘ってある。

蔵そのものは土蔵造りなので燃えないが、火事場泥棒にやられる危うさはある。それゆえ、千両箱はことごとく抜け裏から運びだされる手筈《てはず》になっているらしい。

運びだすといっても、容易な作業ではない。

なにしろ、呉服商いだけでも一日六百両からの売上げがあり、これとは別に為《かわ》替《せ》両替の取りあつかい金もある。庇蔵には小判にして二十万両を超える資産が蓄えられているとの噂もあった。吉原や魚河岸の売上げでさえ一日千両といわれるくらいだから、想像を絶する金額である。

しかしながら、金銀をのこらず移送する手段は、きっちり考えつくされているというのだ。

「抜け裏から繫がる地下隧道は、荷馬《にば》が通行できるほど広い。そんなはなし、奉行所内でも信ずる者はありませんよ」

　そもそも、公道直下に横穴を掘るなどという行為は御法度《ごはっと》、みつかれば闕所《けっしょ》（財産没収）どころでは済まされない。

「でもね、おれはどうも伯父御のはなしが嘘にゃおもえねえんだな。八尾半兵衛は三十有余年も風烈《ふうれつ》見廻りをつとめた反骨漢《はんこつかん》、ああみえても、火付け盗賊の赤猫《あかねこ》どもにゃ一目置かれていた。落としの半兵衛と言われてね」

「落としの半兵衛」

　捕縛《ほばく》した罪人に責め苦もあたえず、ことごとく罪を白状させる。

　落としとは、そういう意味だ。

「本人はあまり口にしたがりません。良い思い出がないからでしょう」

　口書《くちが》きをとった火付け犯は、ひとりのこらず火焙《ひあぶ》りにされてしまう。

　自分の役目は、悔い改めた罪人が地獄の業火《ごうか》に焼かれる道筋をつくってやるようなものだったと、半兵衛は半四郎にこぼしたことがあった。

「なるほど。が、なぜ、半兵衛どのは越後屋の裏事情に詳しいのであろう」

「そいつはたぶん、鹿造《しかぞう》のせいだな」

「鹿造」

「へっついの鹿造といって、左官くずれの小悪党です。この野郎が詰まらねえ盗みで捕まった。詳しく調べてみると、雨燕《あまつばめ》の一党に繋がっておりましてね、とんでもねえ掘り出し物だった」

雨燕は薄曇りの空に飛び、雨が降りだしそうなときによくみかけるので、こう呼ばれる。羽をひろげた飛行姿勢が鋭利な鎌に似るところから、鎌燕《かまつばめ》の異名もあった。

雨燕の一党は「盗んで燃やす」という残虐《ざんぎやく》な遣り口で知られる群盗である。江戸近郊の商家や豪農を襲い、恣《ほしいまま》に略奪を繰りかえしては捕り方を散々に手こずらせていた。

「悪党にも、骨董品《こつとうひん》のように掘り出し物ってのがあります。縄を打たれた鹿造の口から雨燕のねぐらが洩れた。すわっ、捕り方どもが押《お》っ取《と》り刀《がたな》でむかったところ、首魁《しゆかい》の与五郎《よごろう》だけは取り逃がしちまったが、主立《おもだ》った連中は一網打尽《いちもうだじん》にされた」

棚から牡丹餅《ぼたもち》よと、陰口を叩く同心もあったらしいが、鹿造を落としてみせたのは半兵衛だった。

「そいつはたいした手柄だ」

「いまから二十年もむかしのはなしですよ。おれなんざまだ洟垂《はなた》れ小僧だ。そのとき、伯父御は雨燕の大それた企《たくら》みを知った。越後屋の金蔵を襲うという企みをね」

そのときの捕り物で悪党どもの大胆不敵な企《くわだ》ては頓挫《とんざ》し、雨燕の名も世間から忘れさられた。

「ふうん、半兵衛どのは越後屋にとって恩人のようなものだな」

「平身低頭、あたまをさげられたらしいですよ。伯父御は風烈見廻りとして越後屋に忠告すべく、駿河町の本店を訪ねた。そのとき、地下の穴蔵と抜け裏をみせてもらったのだそうです」

「越後屋がよくみせたな」

「秘密厳守の約束でね。越後屋はお上に莫大《ばくだい》な冥加金《みようがきん》を払っている。幕閣の御歴々への賄賂《まいない》も桁違《けたちが》いのはず。路面深く穴を掘ったところで、事をおおやけにさえしなければ咎《とが》めだてされる心配もあるまいと、伯父御は申しておりました。どっちにしろ、二十年もまえのはなしですから、いまはどうなっているものやら。ひょっとすると抜け裏は潰され、隧道は閉鎖されているかもしれません」

逃げのびた雨燕の与五郎は重犯罪人である御下知者《ごげじもの》に指定されたうえ、人相書が江戸府内は無論のこと関八州《かんはっしゅう》一円に手配された。

一方、へっついの鹿造は仲間を売って返り訴人《そにん》となり、その見返りとして解きはなちになった。が、おおかた与五郎に捜しだされ、消されたにちがいないと、半四郎は言う。

「鹿造には恋女房と赤ん坊がありましてね、生まれたばかりの嬰児《みどりご》のためにもまっとうな生き方をしろと、伯父御は諭《さと》したらしい。諭しておきながら、何ひとつしてやれない自分がつくづく嫌になったとも申しておりました」

「鹿造の赤ん坊というのは、女の子ですかね」

三左衛門がさりげなく糺《ただ》すと、半四郎は首を振った。

「さあて、そこまでは。なんなら、伯父御に聞いてみたらいかがです」

かりに女の子ならば、妙齢の娘に育っている。

三左衛門の脳裏には、矢羽柄の着物を纏った娘のすがたが浮かんだ。

昨日、御殿女中と御菜の男は、小半刻（三十分）ほどして越後屋から出てきた。

三左衛門は念願の仕出し弁当にありついたものの、ろくに味わいもせずに縁台でかっこみ、咽喉を詰まらせながら、ふたりのあとを尾《つ》けた。行きついたさきは千代田城《ちよだじよう》ではなく、正反対の位置にある馬喰町《ばくろちよう》の公事宿《くじやど》だった。

要するに、ふたりは大奥の使いになりすまし、越後屋を訪れたのである。

そのことを半兵衛に告げると、宙を凝視《みつ》めながら「やはりな」とこぼすだけで、男と女の正体を明かしてくれない。ふたりが越後屋を訪れた狙いについても、憶測すら述べようとしなかった。

ぼんと、花火がまた爆ぜた。

「浅間さん、どうなされた」

半四郎の野太い声で、三左衛門はわれにかえる。

「さ、呑みなされ」

酒を注がれ、盃をかさねても、いっこうに酔うことはできなかった。

三

今年は空梅雨《からつゆ》だった。

棟割長屋の軒先には、渇水除《よ》けの麦藁蛇《むぎわらへび》が虚《むな》しくぶらさがっている。

水無月朔日《みなづきついたち》の山開き、三左衛門は白装束《しろしょうぞく》を纏って金剛杖をつき、おまつとおすずと三人で「お山は晴天、六根清浄《ろっこんしょうじょう》」と唱えながら、鉄砲洲稲荷の小富士へ登った。

なにも、大袈裟《おおげさ》なことではない。

登ったのは高さ十間ほどの塚、富士講の講人たちが富士山の溶岩を運びこみ、苦労のすえに積みあげたものだ。

　おなじような塚は、戸塚村《とつかむら》や駒込《こまごめ》や浅草などにもある。本物の富士山に登ったとおなじだけのご利益があるというので、金持ちも貧乏人もこぞって小富士へ登る。土産《みやげ》に縁起物の麦藁蛇を買って帰るのだ。

　登山から三日目、ご利益の徴候は毛ほどもない。

　蒼空《そら》には一朶《いちだ》の雲も浮かんでおらず、炎天に町は焦げつくされている。

　おまつは得意先まわりで留守、おすずはまだ手習いから帰ってこない。

「六根清浄、六根清浄、わあいわあい」

　長屋の子供たちが四字の意味もわからずに叫び、露地裏を駈けてゆく。

　どことなく町が活気づいてみえるのは、明後日から神田明神《かんだみようじん》の天王祭《てんのうまつり》がはじまるからだ。将軍の上覧を受ける天下祭《てんかまつり》は秋祭りのほうだが、賑やかさでいえば夏祭りも引けを取らない。

　通りを挟んで背中合わせの小舟町《こぶなちよう》には、神輿《みこし》の御幸《ぎよこう》する御旅所《おたびしよ》があった。照降町の界隈にも、華やかな幟《のぼり》を打ちたてた神輿の行列はやってくる。

「わっしょいわっしょい、神輿だわっしょい」

　洟垂《はなた》れどもの喧噪《けんそう》は遠ざかり、替わりに跫音《あしおと》がひとつちかづいてきた。

戸口へひょいと顔を出したのは、小柄で目つきのわるい五十男だ。

「ごめんなすって」

「ん、おぬしはたしか」

「へい、浅草は黒船町《くろふねちょう》の卯吉《うきち》でさぁ」

男は人差し指を鉤《かぎ》のかたちにしてみせた。巾着切《きんちゃくきり》なのだ。

藪睨《やぶにら》みの異名をもつ卯吉は、貧乏人は狙わず、いちどに三両以上はすらないという、本人たちにいわせれば「殊勝《しゅしょう》な」巾着切の群れを束《たば》ねている。

十五年前、揉め事に巻きこまれた卯吉は、半兵衛に救われた。爾来《じらい》、盆暮れにはかならず、旬の食べ物を携《たずさ》えて下谷同朋町を訪ねる。妙に義理堅い男で、半兵衛によると「抛《ほう》っておいたところで毒にも薬にもならぬ小悪党」だが、十手持ちの半四郎は卯吉の素姓を知らない。

「春分のころに鼈汁《すっぽんじる》を食って以来か」

「へい、こんどは盆のめえに軍鶏《しゃも》でもぶらさげ、ご隠居さまんとこへ伺うつもりでさあ」

「軍鶏か、二刻（四時間）ほど煮込んで鍋にすれば美味《うま》かろうなあ」

「汗だくで鍋を突っつくってのが、へへ、たまりやせん」

「で、なんか用か」

「旦那が多聞と御菜を尾けたってはなしは、ご隠居さまからお聞きしておりやす」

「たしかに尾けたが、それがどうした」

「ちと困ったことになりやして」

卯吉は半兵衛に頼まれ、件《くだん》の公事宿を調べた。

すると、表向きは百姓の訴訟手続きなどを代行する公事宿だが、実際は盗人宿《ぬすっとやど》ともいうべき悪党の巣窟《そうくつ》だった。札付きの兇状《きょうじょう》持《も》ちどもまでが、草鞋《わらじ》を脱いでいるというのだ。

「ふうん、それで、なにが困ったというのだ」

「ご隠居さまは事情も仰らず、ただ、御菜に化けた男の袖へ捻《ひね》り文《ぶみ》を入れてこいと、ご命じになられやしてね。ま、それくれえなら造作《ぞうさ》もねえことだが、あっしは公事宿の主人《あるじ》の顔をみちまったんです」

「公事宿の主人」

「へい、安母屋亥之介《やすもやいのすけ》と名乗っておりやすが、やつの顔にゃみおぼえがある。あっしの渡世は他人様《ひとさま》に自慢できるような代物じゃねえ。けど、そのおかげで裏の事情にゃちと詳しいんで」

卯吉には特異な能力があった。

「この道にへえって三十有余年。そのあいだ、人相書になった悪党の顔はてえげえおぼえておりやす」

「亥之介なる男も人相書でみたと」

「二十年めえのはなしだが、あの顔は忘れられねえ。眉間《みけん》のまんなかに黒子《ほくろ》がありやす」

「地紋《じもん》か」

「善《よ》きにつけ悪しきにつけ大器の相とか」

「何者なのだ」

焦《じ》れる三左衛門を睨み、卯吉は顎を震わせた。

「雨燕の与五郎でさあ」

ぴくっと、三左衛門の片眉が吊りあがった。

怪しげな公事宿は、群盗の隠れ蓑《かくみの》につかわれているのだ。

「雨燕の遣り口は、そりゃひでえもんだった。盗んだそばから火をかける。家人は柱に縛りつけられて丸焦げになり、一町まるごと焼け野原にされたこともあった。噂によりゃ与五郎ってのは三度の飯より火付けが好きらしい、空怖ろしい男でさあ」

しかも、特殊な飛び道具をつかい、十間もはなれたところから狙った相手の首をすぱっと飛ばしてしまうという。

「どんな得物《えもの》かは知らねえが、そいつのかたちが空を突っきる燕に似ているとか」

「ふうん、与五郎のことは半兵衛どのに喋ったのか」

「喋りやしたけど、そうかと言ったきり、顔色ひとつ変えなさらねえ」

「捻り文はどうした」

すでに、卯吉は御菜に化けた男の袖に入れていた。

「じつは、いけねえこととはおもいつつ、捻り文をひらいちまったんですよ」

文には相手の名も半兵衛の名も記されず、短くこう書かれていた。

――三日夕七つ半（午後五時）、回向院《えこういん》境内、槐《えんじゅ》の木陰にて待つ。

呼びたい相手にのみ通じる場所なのだろうかと、三左衛門は推測した。

半兵衛が呼びたい相手となれば、鹿造しかおもいつかない。

「卯吉、おぬし、鹿造という男を知っておるか」

「鹿造ですかい。へっつい直しのこそどろに、そんな野郎がいたような……あっ、おもいだした。直近《ちょっきん》のことはすぐ忘れるかわりに、へへ、むかしのことだけはよくおぼえていやがる。鹿造ってのは風烈見廻りだったころのご隠居さまに説諭され、返り訴人になった野郎でさあ。裏切られたのは与五郎だ、鹿造のせいで雨燕の名は世間から消えた」

卯吉は鹿造の顔を知らない。だが、返り訴人になったおおよその経緯《いきさつ》は、酒に酔った半兵衛の口から聞いたことがあるという。

「鹿造にゃ、おちょうという恋女房がありやした。おちょうとのあいだに赤ん坊が生まれたんです」

「その子のために生きろと、落としの半兵衛に諭された」

「よくご存知で」

「赤ん坊は女の子か」

「へい、女の子だったと聞いておりやす。ちゃんと育っていりゃ二十一、年頃の娘になっておりやしょう。ただ、父娘が生きているとは、とうていおもえねえ」

「なぜ」

「雨燕の一党が一網打尽になってすぐ、おちょうのやつが殺《や》られちまったんです。

そんときゃ江戸じゅうが、首無しおちょうのはなしでもちきりになりやした」

「首無し」

「殺ったな与五郎でさあ。鹿造と娘も捜しだされ、きっと殺られたにちげえねえ」

「たぶん、鹿造は生きておるぞ」

「へ」

「おぬしが袖に触れた男だ」

「御菜の……あいつが鹿造ですかい。するってえと、多聞のほうは娘」

「おそらくな」

「そいつは妙だな。与五郎は公事宿に札付きの連中をあつめ、どでけえ悪巧みを考えていやがるにちげえねえ。与五郎と鹿造、母親を殺された娘もふくめ、恨みのある者同士が呉越同舟《ごえつどうしゅう》ってことになりやすぜ」

　残虐非道な与五郎がなぜ、裏切り者の鹿造を生かしておいたのか。

　なるほど、そいつは妙なはなしだ。

「旦那、はなしが煮詰まってめえりやした。どうにも胸騒ぎがするんでさあ。なにしろ相手が相手だ。鹿造が素直にやってくる保証はねえし、代わりに与五郎が乾分《こぶん》どもを連れてあらわれるってことも考えられやす。ご隠居にもしものことがあったら、あっしはおつやさんに顔向けできねえ」

「わしに用心棒でもしろというのか。頼られても困るな」

「またあ、水臭えことは言いっこなしですぜ。八丁堀《はっちょうぼり》の半四郎さんに事情をはなすわけにもいかねえし、ざっとみまわしても旦那しか頼りになるお方はいねえんですよ」

戸口のところで、卯吉は米搗《こめつ》き飛蝗《ばった》のようにあたまをさげる。

ちょうどそこへ、おすずがきゅっきゅっと口のなかで酸漿《ほおずき》を鳴らしながら帰ってきた。

「どちらさまですか」

と、八つの娘に大人びた口調で問われ、卯吉はかしこまってみせた。

「へい、卯吉っていうつまらねえもんでさあ」

三左衛門は大小を差しながら土間に降り、懐中から小銭を摘《つま》みだす。

「おすず、木戸番で甘いものでも買っておたべ」

「はあい」

おすずは踵をかえし、また、きゅっきゅっとやりながら駆けてゆく。

「賢いお嬢さんだ」

しきりに感心する卯吉を促し、三左衛門は外へ出た。

あいかわらず、陽射しはつよい。

「よし、まいろうか」

眸子《まなこ》をほそめる三左衛門を、卯吉は頼もしげに仰ぎみた。

四

向両国《むこうりょうごく》の回向院は明暦《めいれき》の大火で横死したひとびとを埋葬すべく、幕府の献策で建立《こんりゅう》された寺院である。

考えてみれば、火付け盗賊どもにとっては鬼門の場所だった。

一歩でもちかづけば、成仏できぬ霊たちの慟哭《どうこく》が聞こえてくるやもしれぬ。

残虐非道な与五郎のような男でも、足をむけたがらないのではないかと、三左衛門はおもった。

参道や境内はいつ訪れても参詣客で賑わっていたが、七つ半ともなれば陽光はおおきく西にかたむき、噎《む》せかえるような熱気も薄らいでくる。

初夏に蝶形の淡い黄の花をつける槐は、本堂の裏手にひっそり佇《たたず》んでいた。

すでに花は散り、古木は枝に連珠の莢果《きょうか》を結んでいる。

八尾半兵衛は幹の一部にでもなったかのごとく、微動だにせずに鹿造を待ちつづけていた。

三左衛門と卯吉はすでに半刻余り、堂宇《どうう》の陰から様子を窺っている。鹿造がひとりでやってくれれば、しゃしゃりでることもあるまい。誰にも邪魔されず鹿造と会いたい、という半兵衛の気持ちを汲んでやるべきだ。

まんがいちのときだけ助っ人に躍りでるつもりでいたが、周囲に気を配ってみても怪しげな人影はなかった。

「来やせんね、鹿造は」

焦れったそうな卯吉に、三左衛門は囁《ささや》いた。

「来るとすれば、盗人一味から逃れたい一心でやってくるはずだ」

「藁《わら》にも縋《すが》りてえおもいってやつですかい。与五郎は何かの理由で、鹿造と娘を仲間に引きいれた。鹿造にとってみりゃ針の筵《むしろ》に座らされているようなもんだ。自分は返り訴人の裏切り者、いつ寝首を掻かれるともかぎらねえ。それに与五郎は恋女房のおちょうを殺った男、娘もおんなじようにされたくなけりゃ言うとおりにしろと、そう、嚇《おど》されて仕方なく仲間になった」

「おぬし、筋書きを描くのが上手だな」

「へへ、小悪党の気持ちなら手に取るようにわかりやすぜ。捻り文を読んだ鹿造は悩みに悩んでいるはずでさあ」

もはや、半兵衛は風烈見廻りのころの半兵衛ではない。みたところはただの隠居爺、相談したところで甲斐《かい》のないはなしではあるまいか。いや、落としの半兵衛ならば、何か良い知恵を授けてくれるかもしれぬ。

「さあて、どうしたものか」

卯吉の読みどおり、鹿造は悩んでいるのだろう。

来るか来ないか、そこは半兵衛にとっても賭けだ。

鹿造さえその気になってくれれば、充分に打つ手はあると、三左衛門もおもう。

相手の手の内さえわかれば、定廻りの半四郎に下駄を預ければよい。

与五郎のさきまわりをして、悪党どもを一網打尽にすればよいのだ。

「二十年めえといっしょだな」

卯吉のこぼすとおり、鹿造は落とされにやってくるようなものだった。

ただし、こんどはみずからの意志で仲間を売るのである。

はたして、裏切りが二度までも通用するのかどうか。

小半刻もすれば、暮れ六つの鐘が鳴る。

鹿造は来ない。

埃にまみれた連中が家路につく雀色刻《すずめいろどき》は、巾着切の稼ぎ時だなどと、卯吉はうそぶいた。

雀色刻もすぎ、やがて日没となった。

半兵衛はようやくあきらめ、身を剝《は》がすように槐の古木からはなれてゆく。

虚《うつ》ろな横顔だった。どことなく、泣いているようにもみえた。

鹿造と娘を、どうにかして救いたいのだろう。

卯吉が済まなそうな顔をする。

「旦那、無駄足を踏ませちまったみてえだ」

「かまわぬさ」

「ご隠居さまは鹿造のことをあきらめるしかねえでしょう。あっしも与五郎のことは忘れまさあ」

「それがよい、触らぬ神に祟《たた》り無しとも言うしな」

「じゃっ、あっしはこれで」

卯吉は半兵衛の背を追いかけるように、参道を遠ざかってゆく。

「詮方《せんかた》あるまい」

三左衛門も暗がりから抜けだし、甃《いしだたみ》に一歩踏みだした。

踏みだした途端、ぎくっとして足を止めた。

狛犬《こまいぬ》の陰にひとがいる。

女か。

多聞に化けた女だと、すぐにわかった。

「ちょうと申します」

短刀で刺し通すかのような、凜《りん》とした声がむけられてくる。

ちょうという名を聞き、三左衛門は胸を締めつけられた。

鹿造は愛娘に、殺された恋女房の名をつけたのだ。

おちょうは暗がりから逃れ、つっと顔をみせた。

御殿女中の髪型から、粋筋《いきすじ》の結う潰《つぶ》し島田《しまだ》に変わっている。

容貌の印象は艶《なま》めかしく、派手やかにみえた。

「庇下通道の縁台、さきほどのご隠居さまといっしょにおられた方ですよね」

「いかにも。そなた、ずっと狛犬のそばにおったのか」

「はい」

「気づかなんだな」

「わたくしは、ちゃんとはみえなかった。捕り方かもしれないと警戒し、半兵衛に逢う
機会を逸してしまったという。

「わしらのせいで逢えなかったと申すか」

「はい」

おちょうは武家ことばをはなし、気配を殺す術《すべ》も会得している。

雨燕の与五郎に仕込まれたのだろうかと、三左衛門は想像をめぐらせた。

「鹿造はなぜ、来なかった」

「見張られております。下手に動けば与五郎に勘づかれてしまう」

その点、おちょうは縛られずに行動できるらしい。

「おぬし、鹿造に命じられてやってきたのか」

「命じられたわけではありません。でも、文をみせられました」

娘は父の意図を察し、みずからの意志でやってきたのだ。

「こちらからもひとつ、お尋ね申しあげてよろしいですか。なぜ、堂宇の陰から

窺っておられたのです」

「それは半兵衛どのに気づかれぬためさ。なにせ鹿造とは二十年ぶりの再会、わしなぞがおっては興醒めであろうからな」

「与五郎たちがやってきたら、斬りこむおつもりだったのでしょう」

「そんなことを聞いてどうする」

「後生一生のお願いがござります」

おちょうは落ちついた調子でよどみなく、与五郎一味の仲間に引きいれられた経緯を語った。

二十年前の一件からのち、父娘は与五郎の影に脅えながら、江戸の片隅でひっそりと暮らしていた。鹿造は名を変え、左官として真面目にはたらいていたが、ついに三年前、与五郎にさがしだされた。

一方、与五郎は上方に十余年も潜伏してほとぼりをさまし、江戸へ舞いもどってきていた。馬喰町に公事宿を構え、たいそうな羽振《はぶ》りであったという。

鹿造もおちょうも死を覚悟したが、与五郎は意外な反応をしめした。

「むかしのことは水に流そう。自分は安母屋亥之介に生まれかわった、おまえらふたりの名とあわせれば猪鹿蝶《いのしかちょう》、花札で言えば役札ができる。これで札は揃った。積年のおもいを晴らしてやる機会《とき》がきたと、大笑してみせたのです」

「積年のおもい」

二十年前に果たせなかった大仕事、執念深い与五郎は「越後屋をもういちど狙う」と、豪語したのだ。

鹿造とおちょうに拒むことなどできない。そのときから、公事宿に住みこみではたらかされるようになった。

おちょうは三年というもの、与五郎から男を誑《たら》しこむ手練手管《てれんてくだ》を仕込まれた。嫌なおもいは数々あったが、今日まで耐えてこられたのは、生きたいというおもいが人一倍強かったからという。

「与五郎はもうすぐ、越後屋さんを襲います。ちょうどそうしたおりもおり、父は庇下通道で八尾さまをお見掛けいたしました。これぞ天の助け、以前から父に言われていたのです。いざというときは、落としの半兵衛を頼れと」

鹿造は解きはなちになったあと、半兵衛から一度だけ回向院に呼びだされた。

「まっとうにはたらき、娘を一人前に育てろ。槐の古木のそばで、父は諄々《じゅんじゅん》と諭されたそうです。そして、八尾さまに三両という大金までめぐんでもらいました」

三両はいまも使わずにとってあると聞き、三左衛門は唸った。

鹿造は半兵衛にたいして、よほどの恩義を感じているにちがいない。

「ここに企ての詳細がございます」

父がしたためたものだと告げ、おちょうは巻紙を取りだした。

「どうか、これを八尾半兵衛さまにお渡しねがえませぬか。八尾さまのことです、八丁堀にもお顔が利くことでしょう。与五郎の裏をかき、雨燕の残党を捕まえていただきたいのです」

黒目がちの真剣な眸子に、吸いこまれかけた。

三左衛門は踏みとどまり、落ちついた口調で糺す。

「なぜ、わしのような馬の骨に託すのだ」

「縁台に座ったおふたりの様子を窺えば、ご親密さはようくわかります。あなたさまは心の底から、八尾さまのことをご心配なさっておられる。そんな気がいたしました。さ、これを、後生ですから」

差しだされた巻紙を、三左衛門は受けとった。

おちょうは胸を撫でおろし、丁寧《ていねい》にあたまをさげる。

「もう、行ってしまうのか」

おもわず口走った科白《せりふ》に反応し、鹿造の娘は妖《あや》しく微笑《ほほえ》んだ。

五

南の空には三日月《みかづき》がある。

今夜も蒸し暑くなりそうだ。

下谷広小路を歩んでいると突風が吹き、べっとり汗を掻いた肌は土埃にまみれてしまう。

なにもかもが鬱陶《うっとう》しい。

腹も減ってきた。

下谷同朋町の徒組組屋敷からは、幾筋もの炊煙《すいえん》が立ちのぼっている。

躊躇《ためら》っても詮無いはなしだ。半兵衛に巻紙を手渡さねばならない。

三左衛門は乾いた唇を嘗《な》めつつ、同朋町の裏手へ歩をすすめた。

「三月《みつき》ぶりか」

半兵衛邸を囲んでいたはずの四《よ》つ目垣《めがき》はいつのまにか満天星《どうだん》に植えかえられ、侘《わ》びた風情の簀戸門《すどもん》だけがのこされていた。

簀戸門を押し、勝手知ったる者のように裏手の庭へまわりこむ。

所狭しとならぶ鉢植えを避けながら飛び石をつたってゆくと、縁側のうえで下げ燈籠《どうろう》の炎が揺れていた。

地べたには行水盥《ぎょうずいだらい》が置かれ、水音がぴちゃぴちゃ聞こえてくる。

湯文字《ゆもじ》巻きで乳房を垂らしたおつやが、半兵衛の背中を流していた。

「お、これは失礼つかまつった」

踵をかえしかけると、半兵衛の叱責《しっせき》が鋭く飛んだ。

「遠慮いたすな、こっちへ来い」

「はあ」

「土産は携えてまいったか」

「は、これをおつやどのに」

三左衛門はそう言って、網袋に入れた断売《きりう》りの西瓜《すいか》を差しだす。

おつやは熟《う》れた乳房を片腕で隠し、恥ずかしそうにあたまをさげた。

「おつや、こやつも行水をしたかろう、着物を脱がせておやり」

「はい」

と、返事をされても困る。

「滅相《めっそう》もござらぬ」

三左衛門は狼狽《うろた》えた。

「なんじゃ、残り水では嫌か」

「いいえ」

「なれば、おつやに背中を流してもらえ。妙な気遣いは無用じゃ、筆下ろしまえの小僧でもあるまいに、赤くなってどうする、莫迦者め」

半兵衛は萎《しな》びた一物をぶらさげたまま縁台にあがり、奥へ消えた。

「さ、どうぞ」

遠慮がちに促され、三左衛門は仕方なく着物を脱がせてもらい、素っ裸で水に浸かる。

やにわに肩を摑まれ、糠袋《ぬかぶくろ》で背中をごしごし擦られた。

「ほほう、これは」

「気持ちよいですか」

「すこぶる」

「お痒《かゆ》いところがあれば、仰《おお》せになられませ」

さすが、膂力《ちから》自慢の宿場女郎だっただけのことはある。

あまりの気持ちよさに、三左衛門は白目を剝いてしまった。

行水盥からあがると、縁側で半兵衛が待ちかまえていた。

「上等な酒がある。湯上がりの一杯じゃ」

「は」

借りた浴衣《ゆかた》から毛臑《けずね》を晒《さら》し、縁側にどっかり座りこむ。

小桶《こおけ》には冷酒が盈《み》たされ、塗りの盃が浮かんでいる。

どうやら、盃でそのまま掬《すく》って呑むらしい。

「乙《おつ》な趣向であろうが」

「さようですな」

「夕月楼の亭主《ていしゅ》が教えてくれたのよ」

「なるほど」

平皿の肴はまるごとの胡瓜《きゅうり》と茄子《なす》、これに味噌をつけて囓《かじ》りながら呑む。

闇夜を仰げば、三日月が煌々《こうこう》とかがやいている。

ときおり微風が吹くと、清涼殿形《せいりょうでんがた》の燈籠《とうろう》は炎を揺らし、風鈴《ふうりん》は涼しげな音色を奏《かな》でた。

ふたりの沈黙はながく、胡瓜を囓る音だけがやけに響いた。

おつやは遠慮しているのか、いっこうにすがたをみせない。

どちらからともなく盃を掲げ、桶から酒を掬いあげる。

酒に映った三日月もいっしょに掬い、これを呑みほす。

「なにやら、金魚掬いのようですな」

「涼しげでよかろうが」

「すくうといえば、左官あがりの小悪党を救うてやらねばなりません」

「けっ、駄洒落《だじゃれ》か。もっと気の利いた物言いができぬものかのう」

「小悪党には二十一の娘があります。父と娘は雨燕の企みに加担させられ八方塞がり、半兵衛どのに救いを求めている」

「なぜ、おぬしにわかる」

「おちょうという娘に逢いました」

「なに」

入れ歯が飛びでるほど驚き、半兵衛は睨みつけてくる。

三左衛門は、夕刻からの経緯をかいつまんで喋った。

「卯吉め、余計なことを」

「赦《ゆる》しておあげなされ。半兵衛どのの身を案じてやったことです」

三左衛門は折りたたまれた着物の隙間から、巻紙を取りだした。

「とりあえずこれを」

半兵衛は渋い顔で目を通し、巻紙を抛《ほう》りなげてよこす。

月明かりに照らして読むと、越後屋を襲う段取りが日付、人数、金品強奪の遣り口から逃走経路にいたるまで事細かに記《しる》されている。

「筆跡にみおぼえは」

「鹿造の筆《て》じゃ」

「さようですか。ここまでわかっておれば、半四郎どのに委《ゆだ》ねるべきでしょう」

「差し出口を叩くな」

「なれば、どうするつもりです」

「鹿造に会わねばどうにもなるまい」

「詳細はここにござる。娘のことが信じられないと仰るのか」

「紙切れを手渡され、はいそうですかと真に受けられるものか」

相手は百戦練磨の与五郎、何を仕掛けてくるかわかったものではない。

「それに、半四郎は最後の切り札じゃ。安易に動かせば、あやつに恥をかかせることにもなりかねぬわ」

「なるほど。されど、鹿造の言伝《ことづて》も無視できますまい」

強奪の日付は「初伏《しょふく》」とだけあった。

日の吉凶を占う撰日《せんじつ》では、夏至《げし》から数えて三度目の庚《かのえ》を初伏、四度目を中伏《ちゅうふく》、立秋から最初の庚を末伏《まつぷく》、三つあわせて三伏《さんぷく》と呼び、この期間は猛暑となる。

「五行の教えで三伏は火、庚は金、火剋金《かこくきん》の兼ねあいから右の期間は万事におい て損失多し。初伏当日も凶日ゆえ、慎むべきさまざまな忌《い》み事があります」

「おぬしに講釈されずともわかっておるわ。種蒔《たねま》き、療養、遠出、睦言《むつごと》、くわえて安物売りに銭勘定、すべて慎まねばならぬ」

「禁を破れば、業火《ごうか》に焼きつくされてしまいかねない。されど、安物売りに銭勘定を慎めというのなら、越後屋は店を閉じねばなりませんな」

「庚の初伏といえば八日後、神田、赤坂《あかさか》、品川、江戸じゅうが祭りに浮かれておるときじゃ」

「さて、どういたしますか」

「困ったの」

半兵衛は月を仰ぎ、ぽつりと吐いた。

「おちょうというのか、娘の名は……あの横顔、そういえば母に似ておったやもしれぬ」

「母親をご存知なのですか」

「おつやとおなじ飯盛女よ。警動《けいどう》で捕まり、吉原の羅生門河岸《らしようもんがし》へおくられた。いちどは地獄をみたがの、世の中、捨てる神あれば拾う神ありとはよく言うたものでな、鹿造に身請けされたのじゃ」

「そんな経緯があったとは」

「鹿造はおちょうと会い、九尺長屋に住みはじめた。まっとうな出職になる好機を得たのじゃ。それを阻《はば》んだのが雨燕の連中だった。鹿造はへっつい直しにかこつけ、商家の小金を盗む小悪党じゃった。江戸じゅうの商家の間取りや金蔵の在処《ありか》を熟知しておった。そこに目をつけた与五郎が、なかば強引に引きこんだというわけさ」

ところが、越後屋の金蔵を狙った一世一代の大仕事に取りかかる寸前、たまさか縄を打たれた鹿造が半兵衛に落とされた。与五郎は裏切られた恨みから、おちょうを惨《むご》い方法で斬殺したのだ。

「口惜《くちお》しいのう」

「なにが口惜しいのです」

「救えなかったことがさ。与五郎さえ捕まえておけば、鹿造の女房は死なずに済んだ。わしの詰めが甘かったのよ」

「二十年もむかしのことです」

「昨日のことのようさ。いまでもときおり夢にみる。首のないおちょうが恨み言を吐いておるのよ」

「この際、悪夢を終わらせるしかありませんな」

「そうじゃ。与五郎を召し捕らねばなるまいぞ」

二十年間燃やしつづけた盗人の執念が、半兵衛の消えかかった同心魂《だましい》に火を点《つ》けてしまったかのようだった。

「与五郎にとっても、これが最後の大勝負じゃ……命懸けで越後屋に牙《きば》を剝くにちがいなかろうて」

半兵衛は十も若返った顔で「おつや、おつや」と、奥に呼びかけた。

平常《ふだん》はあまり笑わないおつやが、にこやかな顔であらわれた。

ふっくらして可愛らしい女ではないかと、三左衛門はおもった。

「おつや、七輪《しちりん》の仕度をいたせ」

「はい」

「ふふ、おぬしに美味いものを食わせてやろう」

「何でしょうな」

「鱸のかまだよ」

半兵衛は皺顔《しわがお》を寄せ、にっと入れ歯を剝いた。

六

鹿造の言伝は、罪人に課される口書《くちが》きの手順を踏んでいた。

大筋はこうだ。

――初伏、白昼堂々、越後屋本店を襲うべし。一党頭数《あたまかず》は与五郎以下、雨燕残党三名、新たに加わりし盗人働き十名、桂庵《けいあん》より雇いしばくれん女五名、浪人見張り役二名、鹿造、おちょう、総勢二十三名。以下、素姓を記す。

一党は大奥御殿女中の一行に扮《ふん》し、芝増上寺《しばぞうじょうじ》代参《だいさん》の帰路に越後屋へ立ちよるという体裁をとる。頻繁《ひんぱん》にあることではないだけに、越後屋の応対も混乱をきたすにちがいない。

なお、鹿造とおちょうが大奥の使いとして再三にわたり訪れているので、店の連中に疑われる心配はまずなかろう。よしんば一抹《いちまつ》の疑いをもたれたところで、二階座敷へ案内されれば、あとは隙をみて店内に火をはなち、女たちは騒ぎたてるだけでよい。

さて、企ての肝心な部分はここからだ。

――陸尺《ろくしやく》、挟箱《はさみばこ》持ち、添番《そえばん》、小人《こびと》に扮した男どもは火事騒ぎに乗じ、床下穴蔵へ忍びこむべし。

あとは黙っていても、店の者が金品を投げこみ、分厚い板で覆《おお》ったうえに砂を撒くはずである。

――穴蔵にのこりし店者《たなもの》はことごとく撫で斬り、金品を拾いあつめ、庇蔵下にて山と積まれた千両箱を大八車に載せ、あるいは背負い、抜け裏から隧道を通って遁走《とんそう》をはかるべし。ただし、抜け裏はことごとく、がんどう返しのからくり壁にて隠蔽《いんぺい》してあり、天《あま》の岩戸《いわと》さながら容易に開くことあたわず。念仏を唱えつつ、三尺大黒の導きに縋るべし。

隧道の行きつくさきは一石橋そば、川岸の一画に常泊する荷船を使い、悠々と日本橋川をくだる。さらに、樽廻船で上方へ逃げのびるという、まことに効率よく他人の褌《ふんどし》で相撲《すもう》をとる盗みの手管が、鹿造の巻紙には記されている。

与五郎はあきらかに、抜け裏のからくりを知っていた。

それこそが、二十年も越後屋にこだわりつづけた理由なのだ。

しかも、抜け裏は「がんどう返しのからくり壁」で隠蔽されており、壁を開くためには「三尺大黒の導きに縋る」という手法まで熟知している。容易ならざる相手であった。

翌、炎天。

半兵衛と三左衛門は、越後屋を訪ねてみることにした。

この大胆かつ絵空事とも言うべき企てを、はたして、天下の越後屋が真に受けるかどうか。

「まず、信じぬであろうよ」

半兵衛は呵々《かか》と笑い、意に介《かい》さずといった顔でさきを行く。

「抜け裏を突くという一手は、さすがに与五郎じゃな」

越後屋にしてみれば、抜け裏のからくりは奉行所《まちかた》に知られてはならぬ秘密。これこれしかじかと事情を述べ、抜け裏や隧道の出口などに捕り方を配しておくことはできない。

ひとたび床下の穴蔵へ潜入を許せば、敵の思う壺と、半兵衛は指摘する。

「みずから雪隠《せっちん》詰《づ》めの穴蔵へ身を寄せる。将棋《しょうぎ》で言えば穴熊《あなぐま》戦法よ」

「それを封じる一手は」

「ふふ、越後屋が諾《だく》するとはおもえぬが、ないこともない」

半兵衛は弾んだ調子で言い、嬉々として庇下通道を横切ってゆく。

かつて、風烈見廻りとして活躍したころの血が騒ぐのであろうか。

与五郎との読みあいを、どことなく楽しんでいるふうでもあった。

派手やかな女房連中にまじり、冴えない風体のふたりは越後屋本店の敷居を跨いだ。

平手代に用件を告げると、土間でしばらく待たされた。

本店は建坪約七百坪、床はすべて畳敷きである。

売場は十五、六箇所、各々《おのおの》、手代三人に改役《あらためやく》がひとりつき、天井からは売場を受けもつ者の名札やら金銀相場の記された短冊やらが賑やかに吊るされていた。帳場だけでも売帳、中帳、奥帳と十数箇所に分かれ、屋敷方、織物方、注文方などの会所《かいしょ》や茶所《ちゃどころ》、裏の勝手場には内井戸や湯殿まである。

江戸店の使用人は三百二十人を超え、すべて京の出身者で固められていた。使用人たちはみな京訛《きょうなま》りではんなりと喋り、それがまた客の耳には心地良いらしい。

「さすがは越後屋、金のありそうな客が引きも切らずやってきよる」

「まことに」

感心しているふたりのもとへ、四十過ぎの男が応対にあらわれた。

「手前は後見《こうけん》の喜三郎《きさぶろう》と申します。なんぞ、手前どもの店主にご用とか。ご姓名をお伺いしてもよろしゅうおすか」

「下谷同朋町の八尾半兵衛じゃ」

「かしこまりました。八尾さまとお連れのお方ですな」

後見は引っこみ、またしばらく待たされた。

「喜三郎という男、そこいらの手代とは目つきがちがう」

「そのようですな」

「強請《ゆす》り集《たか》りのたぐいを専門に見抜く男じゃ。ああした手合いはむかしからおった」

越後屋の自衛手段も捨てたものではない。

ふたたび、喜三郎がやってきた。

「どうぞ、お二階へ」

にこやかな顔で誘われ、廓《くるわ》の大見世にあるような左手奥の大階段から二階へのぼる。

二階は表と裏に分かれていた。

表二階は二十三間の長い廊下に面して六つの大部屋が連なり、女の上客はみなここへ通される。ほかにも、仏間や店主の部屋などがあった。一方、裏二階にはいくつかの用談部屋、書礼方《かきふだかた》、床部屋《とこべや》、薬調合場《くすりちょうごうば》などがあり、勝手場の二階にある部分は使用人の宿舎になっている。

ふたりが案内された部屋は、客間から遠くはなれた殺風景な用談部屋だった。裏窓から見下ろせば客用の厠《かわや》があり、露地を挟んで八つの土蔵が居並んでいる。六つは広い板間をもつ庇蔵、ふたつは米味噌薪炭《しんたん》を貯蔵する蔵だ。抜け裏はひとつではない。すべての建物に抜け裏があり、横穴で繋がっている。

昨夜、半兵衛は鱸のかまを箸でつつきながら、そう明言した。

三左衛門はまだ、にわかに信じられない気分でいる。

障子が静かにひらき、小僧が茶をはこんできた。

わざとぬるめに淹れた茶を啜《すす》っていると、恰幅《かっぷく》の良い五十代なかばの男が後見の喜三郎をしたがえてあらわれた。

「手前が江戸店を預かる忠右衛門《ちゅうえもん》にございます」

「おう、手間をとらせてすまぬな」

「なんの」

忠右衛門はぱんと裾を叩いて下座に座り、口だけで笑ってみせる。

「八尾さまは、千両の万年青《おもと》をこさえた鉢物のご名人であられましたなあ」

「ほう、短いあいだによくぞ調べあげたものよ」

帳面にでも記載されてあったのだろう。

「お客さまを存じあげねば、商いなぞできゃしまへん」

「客というても、布切れを一反買《こ》うただけじゃぞ」

「一反でもお求めいただければ、手前どもにとっては掛け替えのないお客さま」

「掛け買いのない客が、越後屋にとっては掛け替えのない客か。ふはっ、おもしろい洒落じゃ」

「ところで、本日はなんぞだいじなおはなしがおありとか」

「おうよ。ご店主、雨燕なる群盗はご存知か」

「雨燕、はて」

「知らぬか、やはりな。連中が暗躍したのは二十年もむかしのはなしじゃ」

「二十年前の盗人でおますか」

忠右衛門の声の調子が変わった。顔にこそ出さぬが、胡散臭《うさんくさ》いはなしに焦れてきたようだ。

相手が焦れるのを楽しむかのように、半兵衛はゆったり茶などを啜る。

「ぬるいのう。わしゃ夏でも熱い茶を呑みたいほうでな……あ、いや、お構いなく」

忠右衛門が膝を寄せてくる。

「八尾さま、雨燕なる輩《やから》がいかがしたので」

「おたくの店を襲うやもしれぬ」

「ぷっ」

「可笑《おか》しいかい」

「へえ、そらもう、ぶははは」

太鼓腹《たいこばら》を揺すって笑いあげ、忠右衛門は隣の喜三郎に顔をむけた。

「盗人に襲われるとかどうとか、三日にいちどはそないな与太話を耳にする。のう、喜三郎」

「へえ」

半兵衛は懐中から扇子《せんす》を取りだし、ばっとひろげた。

「ご店主、信じぬのか」

「痩せても枯れても越後屋の江戸店を預かるこの身、ちっとやそっとの与太話でいちいち顔色を変えてなぞおられまへん。八尾さま、なんぞ急のご入用でもおますやろか。手前どもは為替両替もやっておりますよってに、利子さえきちんと頂戴できれば、へえ、いかほどでも、たこほどでもご用立ていたしまひょ」

「ふん、ひとを小莫迦にしよって。雨燕は一筋縄ではいかぬ相手ぞ」

「ほう、どのように」

「越後屋の秘密を握っておる」

「秘密どすか、お聞きしまひょ」

「抜け裏のことさ。がんどう返しの壁を抜ければ、日本橋川まで隧道が通じておるのであろうが。天下の往来に横穴を掘りおって、まったく、言語道断《ごんごどうだん》」

「なんと」

　額に五寸釘でも打ちこまれたように、忠右衛門は固まった。

「忠義奉公一筋の忠右衛門さん、ちと聞くが、二十年前から今日まで江戸店に奉公しておる者はおらんのか」

「おります」

「それなら、呼んでもらったほうがはなしは早い」

額の汗を拭きながら、忠右衛門は吐きすてた。

「これ喜三郎、奥帳の徳松《とくまつ》を呼んできなさい」

「へえ」

ほどもなく、律義そうな老人がひとりあらわれた。

廊下にかしこまってみせ、顔もあげずに部屋へはいってくる。

やにわに、忠右衛門が語気も荒く糺す。

「徳松、さっそくだが、雨燕なる群盗をおぼえておるか」

「雨燕……へえ、二十年前に一網打尽になりましたが、与五郎なる首魁だけは逃げのびたやに聞いてござります」

「よくぞおぼえておったな」

「なにせ、この江戸店も雨燕に襲われる寸前でして、とあるお役人さまのおかげをもちまして難を逃れたんどす。ご本家の大旦那さまも、それはもうお喜びになられ、わざわざ京からお出ましになり、お役人さまに御礼を」

「徳松」

「へえ」

「おぼえておりますとも。風烈見廻りのご同心で八尾半兵衛さま、悪党どもに落としの半兵衛と怖れられたお方どす」

「そのお役人とは」

「なに」

忠右衛門も喜三郎も、開いた口が塞がらない。

畳に手をついた徳松は、つっと顔をあげた。

「あ」

目をまるくする。

眼差しのさきでは、半兵衛が満更《まんざら》でもない顔で扇子をあおいでいた。

「さすがは越後屋、良い奉公人を雇っておるわ」

ふんと、半兵衛は鼻を鳴らす。

かたわらに侍る三左衛門は、誇らしいような気恥ずかしいようなおもいを感じた。

半兵衛が扇子をあおぐたびに、白檀《びやくだん》の香りが漂《ただよ》ってくる。

忠右衛門は、鹿造のしたためた巻紙に目を通した。

「ふうむ、抜け裏の秘密をここまで知られておったとは……これがまことなら由《ゆ》由《ゆ》しいことや」

「内通者がおるにちがいない」

「へ」

「そうでなければ、これだけの内容は知り得まい。おおかた、女の色香にでも惑《まどわ》されたのじゃろうて」

「住みこみの者に、さような不心得者はおりまへん。してみると宿持ち」

忠右衛門が喜三郎と徳松を交互に眺めると、ふたりは仰《の》けぞるように首を振った。

半兵衛は扇子を閉じ、鶴《つる》のように皺首を伸ばす。

「ご店主、存外に物堅く融通《ゆうずう》の利かぬ者ほど騙されやすい。石部《いしべ》金吉金兜《きんきちかなかぶと》のごとき男がの」

「石部金吉……でおますか」

「まあ、ぼちぼち調べてみるがよい。ただ、そやつに知られてはならぬぞ。逆に、そやつを利用できれば儲《もう》けものじゃ」

「儲けもの」

「とは申せ、雨燕の企みを封じる手は、わしがおもうにひとつしかない」

「ど、どのような封じ手にございましょう」

「抜け裏も隧道も塞ぐ。それしかあるまい」

「あきまへん、そればっかりは……あきまへん」

忠右衛門は泣き顔になり、念仏でも唱えるように繰りかえした。

七

三左衛門は半兵衛とともに、本店床下の抜け裏をみせてもらった。

はたして、それはあった。

建物の西端、一見すると何の変哲もない漆喰《しっくい》の壁で塞がれ、手前の隅に高さ三尺の大黒天像が安置されていた。床下は鼠《ねずみ》、鼠は大黒という発想からきたものらしいが、半兵衛によれば二十年前にはなかった仕掛けという。

大黒を二寸ほど横にずらすと、漆喰の壁がむこう側へ倒れた。

濛々《もうもう》と土埃の舞うさきには、暗澹《あんたん》とした闇がひろがっていた。

歌舞伎舞台の仕掛けに倣《なら》い、越後屋でも「がんどう返しの壁」と囁かれているのだが、そもそも「がんどう」とは「強盗」の唐宋《とうそう》読みで、強盗提灯《がんどうちょうちん》の火立がくるっと回転する様子に似ているところからきている。したがって「がんどう返し」には、盗人を返す、寄せつけないという願いも籠められていた。

八つの庇蔵もみな同様の仕掛けになっており、すべて横穴で繫がっているのだと、案内に立った忠右衛門は説明した。

二十年前、半兵衛におなじような説明をしてくれたのは、三井本家の大旦那であった。

当時、抜け裏のからくりは奉行所内の一部でも噂されており、もしあるなら見せて欲しいと頼んだところ、大旦那は希望を叶えてくれた。強いて口止めされたわけでもなかったが、半兵衛は暗黙の了解であることを察し、隠居するまで誰にも洩らさなかった。

「石部金吉にゃ捕り方はつとまらねえ。清濁《せいだく》あわせのむ度量のひろさがいる」

とは、落としの半兵衛と怖れられた風烈見廻り同心の口癖だった。

ひとたび火事になれば、床下の横穴は使用人たちの避難路ともなる。

ただし、着の身着のままで避難するのではなく、使用人たちは荷役夫と化さねばならない。平手代で膂力のありそうなものから百人余りが選抜され、常日頃から帳簿や千両箱を運びだす訓練がかさねられていた。

抜け裏からむこうは、夏でも涼しい氷室《ひむろ》のような隧道である。

元来は江戸城防備の一環として築かれた地下通路の名残で、たまさか発見した越後屋の先代によって拡張された。なるほど、牛馬に牽《ひ》かせた荷駄でも楽々と通過できるだけのおおきさを備えていた。直線ではなく、風水《ふうすい》の地脈《ちみゃく》に沿うかたちで、くねくねと掘られているのだ。

半兵衛の指摘した「抜け裏を塞ぐ」という意味は、単にがんどう返しの壁を細工することではない。壁をぶちやぶったさきの隧道をも、二度と使用できぬ程度に埋めてしまわぬかぎり、与五郎一味を一網打尽にはできない。

だいいち、抜け裏のからくりを消してしまわぬかぎり「捕り方の助勢は請《こ》えまいが」と主張しても、忠右衛門は「あきまへん」と繰りかえすばかりであった。

穴も埋められず、奉行所の助けも呼べない。

良い思案も浮かばぬまま、鹿造の警告した当日になった。

庚の初伏、冲天《ちゅうてん》には灼熱《しゃくねつ》の陽光がある。

水無月にはいって十日余り、雨は一滴も降っていない。

江戸じゅうの者たちが、干天《かんてん》の慈雨《じう》を待ちのぞんでいる。

三左衛門は渇いた咽喉を酒で潤《うるお》すこともできず、庇下通道の縁台で行き交うひとの流れに目をむけていた。

時折、後見の喜三郎に命じられた小僧が、そっと茶を運んできた。

ぬるい茶でもよいのに、わざわざ熱い茶を淹れてくる。

茶を呑んだそばから、汗がだらだら流れた。

店内の空気がいつもとちがうのは、強面《こわもて》の浪人どもが壁の染みのように張りついているからだ。江戸店を預かる忠右衛門は奉行所へ訴えでようともせず、替わりに腕利きの用心棒たちを高額で雇った。

さらに、は組の頭取《とうどり》に火消人足の手配を依頼した。

そのふたつが雨燕の襲撃に備えた対応策であった。

いまだ、内通者はみつかっていない。

忠右衛門は、とりあえず使用人を一堂にあつめ、奉行所の再三にわたる詮索《せんさく》を免れるべく、この際、床下の抜け裏も隧道も埋めるつもりだと嘘を吐いた。そのことばが盗人どもに伝わり、信じこませることができれば、与五郎は手詰まりとなる。

「信じるわけがない」

半兵衛は笑ったが、そのとおりであろう。

二十年も温めつづけた企てを、与五郎が簡単にあきらめるはずはない。
内通者が誰であるかは、おちょうに聞けばわかることかもしれなかった。
ところが、回向院で遭って以来、おちょうと連絡《つなぎ》をとる方法はなくなってい
た。鹿造もしかり、藪睨みの卯吉に公事宿を見張らせてはみたが、父娘のすがた
はみつけられず、安否すら確かめられずにいる。
すがたを消したといえば、与五郎もおなじだった。
神田の夏祭りがはじまると同時に雨戸を閉ざし、馬喰町では安母屋の周辺だけ
が不気味なほどに静まりかえっていた。
半兵衛は昼餉のあと居なくなったきり、一刻余りも戻ってこない。
庇下の日陰とはいえ、表の縁台に座りつづけるのは堪《こた》える。元気そうにみえて
も、還暦《かんれき》を疾うに過ぎた老人なのだ。いざというときだけ、居てくれればよい。
熱風が吹き、地面から土埃を巻きあげていった。
鹿造の言伝が真実なら、代参の一行は雀色刻にあらわれる。
三左衛門の役目は、盗人どもの企てを阻むことではない。
鹿造とおちょうを救ってやってくれと、半兵衛に頼まれていた。
七つ（午後四時）にちかいころ、半兵衛は陽炎《かげろう》のごとくあらわれた。

「どちらへ」

「ちと、一石橋までな」

「何か気になることでも」

「ふむ、鹿造によれば抜け裏から隧道を通って荷を運んだのち、盗人どもは越後屋の荷船へ積みかえて日本橋川をくだるという。船頭を嚇すにしろ、荷船を奪うにしろ、そこにまとまった数の船がなければならぬ。ちゃんと係留《けいりゅう》されておるかどうか、見張りがおって然るべきじゃろう」

「そうですな」

「ところが、怪しい影はひとつもない。妙だとはおもわぬか」

「はあ」

「妙といえば、昨日にくらべて荷船の数が減っておったぞ」

「昨日も行かれたのですか」

「まあな」

「はたして、代参の一行は来ましょうかね」

「五分五分じゃな、今日来ずともいずれは来る。与五郎の執念は尋常なものではないからの」

「やはり、半四郎どのに助勢を請うべきでしたな」

「たしかに、鹿造が泣きを入れてきた時点で、公事宿を急襲する手はあった。が、また二十年前のように、与五郎を取りにがす公算は大と踏んだのよ。ま、今となっては雨燕の挑戦を真正面から受けとめるしかあるまい」

ふたりとも、何か引っかかるものを感じていた。与五郎のつくった土俵のうえで、踊らされているような気がしてならないのだ。違和感の原因《もと》を突きつめると、百川の仕出し弁当に釣られて庇下まで足をむけた日に遡《さかのぼ》る。

半兵衛はあのとき、おつやに反物を買ってやるために越後屋を訪れた。

前日の夜、商人風体の見知らぬ男があらわれ、半兵衛に「明日の午前中に越後屋までやってくれば何やらよいことがある」と、おもわせぶりなことを吐いた。それで、妙に気になってしまい、暑いなかをわざわざ出向いてきたのだと、半兵衛は告げた。

縁台に座ってしばらくすると、大奥からの使いに化けた鹿造とおちょうがやってきた。

このとき、鹿造のほうも半兵衛に気づいた。

すでに、ふたりは二十年ぶりの邂逅を果たしていたのだ。

それが偶然ではなく、仕組まれたものだったとしたら。

「半兵衛どの」

三左衛門はぷっと小鼻を張り、横をむいた。

「雨燕の与五郎は、こっちの動きを一から十まで読みきっておりますぞ」

与五郎は鹿造の裏切りを前提に、このたびの企みを構築した。

いちど裏切った者は何度でも裏切る、という鉄則にしたがったのだ。

半兵衛を視野におさめた瞬間、鹿造は二度目の裏切りを決意したにちがいない。それを与五郎は読んでいた。企ての詳細がわざと筒抜けになるように仕向け、半兵衛を重要な駒として動かすことに成功した。

「返り訴人の鹿造と娘を、なぜ、殺さずに生かしておいたのか。理由がやっとわかりましたぞ。ほかでもない、それは半兵衛どのを動かすためだ。与五郎は最初《はな》から、半兵衛どのを利用する気でいた」

鹿造は娘を介し、与五郎の策とも知らずに巻紙を寄こした。

「巻紙がなければ、われわれは越後屋を訪ねることもなかったでしょう」

「むう」

半兵衛は怒りで耳まで赤くなった。

「くそっ、御殿女中の代参なぞと……ぜんぶ絵空事か」

「踊らされましたな。やはり、あまりに無謀すぎる筋書きだ」

「しかしじゃ。なにゆえ、さような絵空事を吹きこんだのか。何はどうあれ、この越後屋を襲わねばならぬのだ。抜け裏の秘密を知っておるからこそ、与五郎は越後屋に狙いをさだめた。いつ攻めようが、どうやって攻めようが、攻め方に大差はない。こっちの裏を掻くにしても、掻きようがあるまい」

「そこが肝要な点ですな」

「なにゆえじゃ。なにゆえ、絵空事を吹きこむ必要があったのか」

「わかりません」

「なっ」

半兵衛の口から、入れ歯が飛びだした。

「ぬひゃ、ぬひゃひゃ」

梅干しを嘗めたような顔で、皺顔の老人が何事かを喚《わめ》いている。

三左衛門は入れ歯を拾いあげ、薄汚れた袖口で拭いてやった。

手渡された入れ歯を塡《は》めるや、半兵衛は怒声を発した。

「越後屋がなんぞ、余計なことをしくさったかもしれん」

ふたりは同時に腰をあげ、越後屋の敷居を跨いだ。

八

本店二階奥の用談部屋、忠右衛門は半兵衛に怪訝《けげん》な顔をしてみせた。

「雨燕は来ぬと仰りますのんか」

「さよう、用心棒どもは無用じゃ」

「なんやら、肩透かしを食うたようでおますな。取り越し苦労とはこのことや」

先日と同様、部屋の隅には後見の喜三郎が控えている。

忠右衛門がちらっとみやると、喜三郎は小さく頷きかえした。

「よし、無事に終わったか。ご苦労やったな」

何が無事に終わったというのか、不吉な予感はいっそう膨らんだ。

「ご心配にはおよびませぬ。おふたりには、つつみかくさず申しあげまひょ。三日前から蔵のものを運びださせておりました」

「なに」

件の抜け裏から隧道をつかって運び、日本橋川に何艘もの荷船を一晩中《よっぴて》走らせたのだと、忠右衛門は自慢げに説明する。

「それで、荷船が減っておったのか」

半兵衛はひとりごち、忠右衛門を睨みつけた。

抜け裏も塞がず、奉行所の助勢を請うこともできない。

万策尽きたやにおもわれたとき、ぽっと妙案が浮かんだ。

蔵のなかに盗まれるようなものを置かねばよい。古来より、焦土戦術と呼ばれる兵法のひとつである。たしかに、盗人の裏を掻く発想ではあった。

「ふふ、襲われたとしても蔵は蛻《もぬけ》の殻《から》、というわけどす」

したり顔の忠右衛門を、半兵衛はあたまごなしに叱りつけた。

「莫迦者、なぜ、黙っておった」

「おやおや、これは心外。蔵の中身をどうしようが、手前どもの勝手でありましょう」

「ためしに聞くが、蔵から運びだした金額は」

「さよう、小判に換算して二十四万両ほどになりますな」

「に、二十四万両」

半兵衛は、飛びだしかけた入れ歯を押しこんだ。

荷船は日本橋川をくだり、鉄砲洲沖で待つ樽廻船へ積みこまれる。二十四万両を六隻の樽廻船に分散させるというが、それでも、一隻につき四万両もの大金が積まれることとなる。

「ちょうど、荷積みも終わったころどっしゃろ」

「くそっ、一杯食わされたわ。与五郎の狙いはそっちじゃ、樽廻船じゃ」

「まさか」

と吐きつつも、忠右衛門の顔から血の気が引いてゆく。

半兵衛は顎を突きだし、憤然とたたみかけた。

「船方の手配は誰がやっておる」

「岩次郎《いわじろう》と申す小頭どす」

「どんな男だ」

「そりゃもう真面目一本の物堅い男で、文字どおり、石部金吉金兜……あっ」

忠右衛門は顎を震わせ、喜三郎に命じた。

「岩次郎を、岩次郎をここへ呼べ」

「阿呆、もう遅いわ」

与五郎は追いつめられた者の心理を、心憎いばかりに読みきっていた。

鹿造も半兵衛も三左衛門でさえ、越後屋という玉《ぎょく》を詰める将棋の手駒にすぎなかった。おそらく、与五郎は六隻のうちの一隻に狙いをさだめ、事前に船方頭を買収していたにちがいない。一滴の血も流さず、四万両を掠《かす》めとる腹なのだろう。敵ながら天晴《あっぱ》れだなと、三左衛門はおもった。

「ど、どないしまひょ」

「とりあえず、鉄砲洲の御船手《おふなて》屋敷へ使いをおくるがよい」

「でけまへん。お上に知れたら、それこそ越後屋の一大事どす」

ひとたび奉行所のあつかいとなれば、何から何まで白洲《しらす》で白日のもとに晒される。前例に照らせば、商家の蔵荒らしは盗まれたほうにも落ち度ありと判断され、闕所、免状取消などの厳しい罰を免れない。

「それなら、四万両を溝《どぶ》に捨てるしかあるまい」

「ひぇっ、どないしょ」

忠右衛門は畳に両手を突き、みっともないほど狼狽《うろた》えた。

半兵衛は腕組みをして目を瞑《つむ》る。

重い沈黙が流れた。

「いや……まだ、間に合うかもしれぬ」

半兵衛はぽつりとこぼし、三左衛門に血走った眸子をむけた。

「おぬし、公事宿へ走ってくれ」

「安母屋ですか」

「ふむ、ひょっとすると、与五郎があらわれるやもしれぬ」

三左衛門は立ちあがり、大小を腰に差した。

忠右衛門はあたまを抱え、顔をあげることもできない。

半兵衛はすっと片膝を立て、落ちついた口調でつづけた。

「これは勘じゃが、鹿造とおちょうは公事宿に軟禁されておるやもしれぬ」

「ふたりはまだ生きておると」

「もはや、与五郎にとって用無しとはいえ、そう簡単には殺すまい」

大仕事の最後を飾る仕上げとして、返し訴人の父と娘を華々しく葬《ほうむ》るために、かならずや与五郎はもどってくる。

「あやつも老い先短い身、なにも金ばかりが欲しいわけでもなかろう。天下の越後屋の度肝《どぎも》を抜く。ふふ、二十年前に成しとげられなかったことを、是が非でもやりたかっただけなのじゃ」

雨燕の遣り口はひとつ、盗んで燃やす。それだけはむかしから一貫していたと、半兵衛は強調する。

「盗人はみな験《げん》を担ぐ。不思議なものでな、二十年経ってもおなじこと。火を付けねば、与五郎の仕事は終わらぬ。そもそも、公事宿の屋号がふざけておろう」

「安母屋ですか」

「いままで気づかなんだが、それは逆さことばじゃ」

「安母……やすもの逆さはもやす……燃やす、か」

「そうじゃ、公事宿を燃やし、みずからの痕跡をも灰燼《かいじん》に帰さんとする腹なのじゃ。ともあれ、雨燕が巣へもどることに賭けるしかあるまい。よいか、日没と同時に風向きが変わる。わしは風烈見廻りじゃったから、風を読むことができる」

今宵は乾《いぬい》(北東)の方角から強い陸風が吹くと、半兵衛は確信を籠めて言う。

「与五郎も風を読む、あやつは日没をめざし、馬喰町へもどってくる」

二十年前に自分を裏切った男とその娘を柱に縛りつけ、おそらくは、生きながらに焼き殺す気でいるのだろう。

乾風《あなじ》に乗せて、与五郎は江戸じゅうを焼きつくす腹なのだ。

日没まではあと一刻足らず、さほど余裕はない。

「さあ、ふたりを助けてやってくれ。わしもすぐに行く。は組の火消しどもと半四郎を連れてな」

「承知」

三左衛門は廊下へ飛びだした。

大階段を転げおちるように降り、庇下から西陽に照らされた往来へ躍りでた。

九

馬喰町の公事宿街は、祭りのあとのように静まりかえっていた。

湿気をふくんだ海風もおさまり、いまは微風すら吹いていない。

ほんとうに乾の方角から乾いた陸風が吹くのだろうかと、三左衛門ならずとも首をひねりたくなるところだ。

赤猫《あかねこ》や赤馬《あかうま》などとも称される火付けの常習犯は、風の強い宵を選んで露地へ潜入し、狙った屋敷に火を放つ。漆黒《しっこく》の空に炎が怪鳥のごとく躍る光景を眺めながら、悦《えつ》に入るとも聞く。

与五郎は大金をまんまとせしめ、それでも飽きたらずに公事宿へもどってくると、半兵衛は断言した。

罪深き者であればあるほど、地獄の底を覗いてみたい衝動に駆られるもの。敢えて破滅への道筋をたどり、与五郎はもどってくると、三左衛門も確信していた。

浜町堀《はまちょうぼり》に面するように、公事宿は軒をならべている。

安母屋は橋本町寄りの片隅にあり、隣接する公事宿とのあいだに露地がみえた。露地幅は一間、奥行きは東西に十五間ほど、建物は鰻《うなぎ》の寝床のように細長く、露地むこうの抜け裏からさきは大路へ通じている。

三左衛門は露地の狭間《はざま》に目を凝らし、藪睨みの卯吉をさがした。阿吽《あうん》の呼吸が通じていれば、今日も張りこんでいるはずだ。

雀色に暮れなずむ川端の道には、ちらほらと人影がある。

ただ、人の輪郭はとらえがたい。

誰も彼もが与五郎にみえ、神経の休まる暇もなかった。

「旦那、浅間の旦那」

囁く声に振りむくと、小柄な卯吉が立っていた。

「おう、やはり、おったか」

「そちらはいかがです。旦那がいらしたってことは」

「御殿女中の一行は来ず仕舞い。まぼろしであったわ」

「やっぱし。盗人が表玄関から堂々と来るわけはねえ」

「公事宿のほうはどうだ。何か動きはあったか」

「へい、ついいましがた。恐そうなのがふたり入っていきやしたぜ」

「ほ、そうか」

三左衛門は、顔をかがやかせた。

「そいつらは二本差しか」

「差しているのは長脇差一本、通り者でやしょう」

「与五郎らしき男は」

「みておりやせん」

「よし、踏みこむぞ」

「ふ、踏みこむんですかい」

「おそらく、鹿造とおちょうが軟禁されておる。半兵衛どのの読みだ」

「なるほど、ふたりを助けるってえわけで」

「生きておればな」

三左衛門は卯吉をともない、露地の暗がりへ踏みこんだ。

途中の道端に炭俵が積まれていた。

強風が吹けば旋毛風《つむじかぜ》の渦巻く露地は、火付けには恰好の場所なのだ。

ふたりは勝手口へまわり、難なく安母屋へ潜入した。

何日も雨戸を閉めきってあったせいで、内は真っ暗で蒸し風呂のように暑い。

手探りで慎重にすすみ、土間から板間へあがって四《よ》つん這《ば》いになった。

三左衛門は卯吉を制し、ひとりで長い廊下を這いずりはじめた。

廊下を曲がったところで、灯りの洩れる部屋をみつけた。

息を詰めて近寄ると、内側から男たちの声が聞こえてくる。

「損な役まわりだぜ」

「そうさな。はずれ籤《くじ》を引かなきゃ、いまごろは海のうえだ」

「おかしらは、ほんとにもどってくんのか」

「ああ、まちがいねえ。裏切り野郎の死にざまを、とっくり眺めてえのさ」

「へへ、このふたり、どうせ焼かれちまうんだろう。だったら、娘のほうをいただいちまおうぜ」

「そうすっか、よし」

部屋の障子は開いている。

三左衛門は飛蝗のように跳ねとび、低い姿勢から抜刀した。

「おい」

唐突に呼びかけると、鬢《びん》の反りかえった男たちが腰を抜かしかけた。

声を裏返した男の咽喉へ、越前康継の切先が伸びる。

刺突《しとつ》の寸前、峰に返された鋼《はがね》がばしっと首筋を叩いた。

「この野郎」

もうひとりの男が、長脇差の柄に手を掛ける。

すかさず、三左衛門は峰を振りおろし、右籠手《みぎこて》を叩いた。

「ぎぇっ」

と同時に、柄頭を跳ねあげ、相手の顎を真下から砕く。

流れるような動きだった。

ふたりの男は白目を剝き、気が抜けたように頽《くずお》れてゆく。

小太刀をおさめた途端、三左衛門はあまりの黴臭《かびくさ》さに咳きこんだ。

袖で鼻と口を覆い、部屋の隅へ目を遣る。

龕灯《がんどう》に照らされた柱に、猿轡《さるぐつわ》のふたりが縛りつけられていた。

「鹿造、おちょう」

呼びかけても、わずかな反応が返ってくるだけだ。

ふたりはげっそり痩せほそり、双眸《そうぼう》だけが餓《う》えた獣のように光っている。

「だ、誰だ、おめえ」

何日も飯を食っていないのだろう。それどころか、水もろくに呑まされていないようだった。

「卯吉、おい、こっちへ来てくれ」

猿轡をはずしながら、三左衛門は叫んだ。

おちょうの縄目を解いたところで、卯吉が駆けこんでくる。

「うえっ、こいつはひでえ」

おちょうは気を失い、青黴の生えた畳のうえに俯した。

鹿造は放心したかのように、何やらつぶやいている。

「与五郎が……与五郎が、やってくる」

そう、聞こえた。

卯吉はふらつきながらも、おちょうを背負いあげた。

三左衛門は鹿造に肩を貸し、龕灯を手にして正面口へ急いだ。

なにやら、焦げ臭い。

ぱちぱちと粗朶《そだ》の爆《は》ぜる音がする。

「旦那、露地だ」

「よし、急げ」

雨戸を蹴破り、外へ飛びだす。

浜町堀の川端、あたりは薄暗い。

「日没か」

乾の方角から、風が吹いている。

「卯吉、ふたりを頼む」

「へい」

三左衛門は露地の狭間へ飛びこんだ。

黒煙だけが濛々と巻きあがっている。

炭俵の積まれたあたりで、大柄な男の影が蠢《うごめ》いた。

「おい、与五郎」

叫びかけると、地の底から重厚な声が返ってくる。

「なんだ、おめえは」

「半兵衛さんの知りあいだよ」

「死にきたのか」

「おあいにくさま、鹿造とおちょうは救ったぞ」

「ふん、悪運の強えやつらだ。あばよ」

与五郎は薄く笑い、袖をひるがえした。

ぼっと炎が燃えあがり、蛇のように壁をつたいはじめる。

「待て」

三左衛門は地を蹴り、与五郎の背を追いかけた。

露地むこうは大路へ通じる抜け裏、盗人の逃げ足は予想以上に捷《はや》い。

と、そこへ、老骨の影が立ちはだかった。

「うっ」

与五郎が足を止める。

「落としの半兵衛かい」

「ふおっ、おもったとおりじゃ。雨燕が墓穴《ぼけつ》を掘りにもどってきおった」

「なんでわかった」

「わしゃ風を読む。風向きの変わり目が運の変わり目よ」

「けっ、老耄《おいぼれ》め、ちょうどいいや」

「なにが」

「二十年前の落とし前をつけてやらあ。へへ、半兵衛よ、おれはなあ、おめえの首がいっち欲しかったんだよ」

与五郎は背中から、鋭利な刃をもつ大鎌を引きぬいた。

三左衛門は動こうとした途端、半兵衛に制止された。

「手を出すでない」

と命じられても、背中が焼けるように熱い。

すでに、炎は公事宿の軒を燃やしはじめている。

「火事だ、火事だぞ」

必死に叫んでいるのは、卯吉であろうか。

半鐘《はんしょう》の音色も聞こえてくる。

——じゃじゃん、じゃじゃん。

半鐘はすぐさま、滅多打《めったう》ちの早鐘《はやがね》になりかわった。

半兵衛は不敵に笑い、顎をしゃくった。

「は組の連中がそこまで来ておる。おぬしのおもいどおりにはいかぬぞ」

「どうかな」

与五郎の長い腕が、鞭《むち》のように撓《しな》った。

ぎゅんと唸りをあげ、大鎌が旋回する。

車輪と化した凶器は幅一間の地を這い、猛然と浮きあがった。

「伏せろ」

三左衛門が叫んだ。

「ぬはっ」

半兵衛は無防備のまま、おおきく仰けぞった。

刹那《せつな》、真横から人影が躍りだしてきた。

「つおっ」

白刃一閃、臙脂《えんじ》の火花が散り、大鎌が弾《はじ》かれた。

六尺豊かな大男が、半兵衛を庇《かば》うように圧《お》しだしてくる。

小銀杏髷《こいちょうまげ》に角張った顎、格子縞の着流しに透けた絽羽織《ろばおり》、甥の半四郎であった。

「珍妙な得物をつかいやがる。おめえが雨燕の頭目かい」

「てめえ、半兵衛の甥っ子か」

「二十年めえは洟垂《はなた》れだったがな、いまは十手持ちさ。もうすぐおめえも還暦だ、無理はしねえほうがいい」

「うるせえ、若僧」

与五郎は匕首《あいくち》を抜いた。

半四郎は刀をおさめ、博多帯《はかたおび》の背中から朱房《しゅぶさ》の十手を引きぬいた。

与五郎の背後では、三左衛門が小太刀の柄を握って身構えている。

乾風は唸り、炎が逆巻いていた。

露地に炎飆《えんぴょう》が吹きぬけ、着物の裾を浚《さら》ってゆく。

前門の虎《とら》に後門の狼《おおかみ》、もはや、与五郎に逃れる術《すべ》はない。

十

水無月、大暑。

暑い。

あいかわらず、江戸は乾ききっている。

初伏から五日経った。

夏祭りの喧噪は静まり、そこいらじゅうで蟬時雨《せみしぐれ》を聞くようになった。

土用が過ぎれば暦《こよみ》のうえでは立秋、だが、秋風の吹く気配は微塵もない。

あの日、露地に追いつめられた与五郎は、振りむきざま、三左衛門に突きかかるとみせて、みずから火のなかへ飛びこんだ。

一瞬、横顔が笑ったようにもみえたが、あれは何であったのか。

「覚悟の死じゃな」

と、半兵衛はつぶやいた。

越後屋を出しぬき、与五郎は大博打《おおばくち》に勝った。

同時に、人生に執着する意味をも失ったのだ。

罪業の深さを振りかえれば、地獄の業火に焼かれる以外に道はなかった。

「死に花を咲かせるはずの舞台が、露地であったとはのう。所詮《しょせん》、盗人は盗人、華々しい舞台なぞあつらえてもらえぬわい」

乾風が吹きあれていたにもかかわらず、炎は公事宿街の一角を焼いただけで収まった。は組の到着があと小半刻も遅れていたら、与五郎の思惑どおり、江戸の中心は猛火につつまれていたにちがいない。

一方、越後屋は観念し、船手奉行に助勢を請うた。

鉄砲洲沖に浮かぶ樽廻船六隻は、幾艘もの鯨船《くじらぶね》に囲まれた。

鯨船とは十人乗りの快速船で、橋梁《きようりよう》の監視や抜け荷の洋上摘発などもおこなう。闇夜の海に無数の御用提灯が揺れる光景は、舸子《かこ》たちも息を呑むほど美しいものだった。が、盗人一味にしてみれば、亡者の怨念《おんねん》が宿った鬼火にもみえたことだろう。

与五郎という鶏冠《とさか》を失った盗人どもは、ほとんど無抵抗のまま縄を打たれた。

そのころ、越後屋の忠右衛門は底の分厚い菓子箱を抱えて東奔西走《とうほんせいそう》し、幕閣の重臣たちを訪ねまわっていた。

このたびの一件で漁夫《ぎょふ》の利《り》を得たのは、老中《ろうじゅう》や若年寄《わかどしより》などの重臣たちであった。賄賂《わいろ》工作は功を奏し、越後屋は「屹度叱《きっとしか》り」という軽い処分で済まされた。

軽い処分といえば、鹿造とおちょうが罪に問われることはなかった。

与五郎に利用されただけとはいえ、利用されるほうにも落ち度はある。罪を問われて然るべきところだが、半四郎のはからいで一切は不問《ふもん》に付された。

「あやつもやっと、十手持ちらしくなってきたわい」

うそぶく半兵衛に誘われ、三左衛門は庇下通道の縁台に座っている。

小僧は気を利かせ、冷たい麦茶をはこんでくるようになった。

「そういえば、鹿造とおちょうが訪ねてきおったぞ」

「ほ、さようでしたか」

「父娘水入らずで、伊勢詣《いせまい》りに行くそうじゃ」

「それは羨《うらや》ましい」

「鰻の筏焼《いかだや》きを馳走《ちそう》してやったらな、ふふ、鹿造のやつは泣いて喜んでおったわ」

落としの半兵衛に落とされたときから、鹿造はずっと日陰を歩みつづけてきた。裏切り者の烙印《らくいん》を押され、二度と浮かぶ瀬はないとあきらめていた。与五郎に焼き殺されても、仕方ないとすらおもったのだ。

だが、せっかく救ってもらった命を粗末にしたくはない。伊勢詣りに行き、父娘ともども一から出直したいと、鹿造は半兵衛に告げたらしい。

庇の影が、往来に長く伸びている。

越後屋の忠右衛門は、百川で一席設けてくれるという。

「そろそろ、鱸も川から海へもどってこよう」

「落ち鱸ですか」

口のなかに唾が溜まってくる。

そのとき、庇のむこうを、一羽の燕がすうっと横切った。

「お」

半兵衛が腰を浮かす。

「雨燕じゃな」

茶を差しかえにきた小僧が、小声で教えてくれた。

「庇蔵の抜け裏に巣があるんどす」

「なに、床下にか」

「へえ」

地上に抜ける穴でも開いているのだろう。

雨燕は雨を呼ぶ。

「なにやら、湿った風が吹きはじめたわい」

半兵衛は人差し指を嘗めて翳《かざ》し、風を読んだ。

「巽《たつみ》の風じゃ」

ごろっと、遠くの空に神立《かんだち》が鳴った。

にわかに寄せあつまった雨雲が、往来に蔭をつくる。

大粒の雨が庇を叩きはじめた。

「慈雨じゃな」

半兵衛は、来し方を嚙みしめるようにつぶやいた。

濡《ぬ》れ花《ばな》

一

そろそろ萩《はぎ》も見頃というので、おまつとおすずを連れ、柳島村《やなぎしまむら》の龍眼寺《りゅうげんじ》へおもむいた。

向両国は一ツ目之橋のたもとで小舟に乗り、竪川《たてかわ》をすすんで四ツ目之橋のさきから十間川《じっけんがわ》へ曲がる。亀戸天神《かめいどてんじん》のあたりまで北上すると、すでに川面は龍眼寺へむかう行楽の小舟で埋めつくされていた。

境内へ達するまでの道筋は押すな押すなの大騒ぎ、正直、これほど混んでいると興も醒める。かといって、萎《しお》れた面をすれば「ほらまた、青菜に塩だよ」と、おまつに詰《なじ》られる。おすずにはしょっぱい顔をされ、小さく溜息を吐《つ》きながら門をくぐった途端、三左衛門は息を呑んだ。

視界いっぱいに萩の波、境内は紅紫《こうし》の斑《まだら》模様《もよう》に彩《いろど》られている。

この寺に萩以外の草木はない。

「さすがは萩寺だよ。ねえ、おまえさん」

「まさにな」

「わあ、うふふ」

嬉しそうに駈けだしたおすずは、無数の蝶《ちょう》と戯《たわむ》れているかのようだ。

萩が咲けば杜鵑《ほととぎす》は鳴きやみ、燕《つばめ》は南へ帰ってゆくとか。

澄みわたった空を仰げば、鰯雲《いわしぐも》が浮かんでいる。

「なんだか、見知った顔のお旦那衆や内儀《おかみ》さんが多いねえ」

おまつは誰かとすれちがうたびに会釈をし、笑顔を絶やすこともできない。

二八月《にはちづき》は商人《あきんど》の涙月、どんな大店でも客足がぱったり止まる。

「葉月《はづき》になると、暇な商売人が増えるんだよ」

暇だけに夫婦水入らずで行楽へおもむいたり、倅《せがれ》の嫁さがしや娘の嫁ぎ先をどうしようかなどと考えはじめる。見合いには恰好の待宵《まつよい》や十五夜といった催しも控えているので、仲人稼業の「十分一屋《じゅうぶいちや》」はけっこう忙しい。

おまつはお嬢様育ちのせいか、いつもゆったり構えている。

弁は立っても、あることないこと嘘八百をならべたてる仲人口は利けず、真っ正直なところが災いして、まとまりそうな縁談を流してしまうことも少なくない。それでも、この渡世をやめられないのは、男女の縁をとりもつのが楽しくて仕方ないからという。

とりもった縁が実を結べば「縁結びの聖天様《しょうてんさま》よ」と他人から喜ばれる。同時に仲人としての責任も生じ、夫婦喧嘩をしては泣きついてくる若女房などもあった。

他人のことには親身になるくせに、自分たちのことになると五年ちかくもほったらかしのままだ。正式な祝言もあげず仕舞いで、あれよというまに、おすずはどんどん成長してゆく。

――祝言でもあげぬか。

こちらから持ちかけてみようかと、三左衛門は幾度となくおもった。

ところが、いざとなると勇気が出ない。気恥ずかしさもある。万が一、一笑に付されでもしたら、切なくなってしまうだろう。だからといって、今のままでは埒《らち》があかぬ。おすずにいつまでも「おっちゃん」と呼ばせておくわけにもゆくまい。

よし、今日こそは。

腹を決め、切りだそうと決意した刹那《せつな》、おまつが小紋《こもん》の褄《つま》をとって駈けだした。

「おすず、おすず……どこへ行くの、迷子になるよ」

おまつの背中が、萩の叢《くさむら》に隠れてみえなくなった。

まあよい。胸の裡《うち》を明かす機会はいくらでもある。

三左衛門は、ほっと肩のちからを抜いた。

二

鰯雲は茜《あかね》に染まった。

突如、誰かの怒声が耳朶《じだ》に飛びこんでくる。

「取《と》り籠《こ》もりだ、八つの娘を人質にとられたぞ」

ひとの波が奔湍《ほんたん》となり、門の外へどっと流れてゆく。

三左衛門は揉まれるように押しながされながらも、おすずのすがたをさがした。

──おらぬ。

おまつもいない。

「おすず、おまつ」

ふたりの名を叫んでも、すぐさま喧噪《けんそう》に掻きけされてしまう。

わけもわからず、十間川の河原まで流されていった。

大勢のひとびとが遠巻きにしているのは、汀《みぎわ》に立つ渡し小屋である。

賤ヶ屋《しずがや》のようだ。

扉替わりの筵《むしろ》が垂れ、筵のむこうは暗い。

奥の暗がりから、男が何やら喚《わめ》いている。

三左衛門は腕を伸ばし、若い職人の襟首《えりくび》をつかまえた。

「おい、なにがあった」

「刃物を手にした兇状持《きようじようも》ちが娘っ子を攫《さら》って、立て籠もっていやがるんだ、ほら」

小屋のまえで、母親が泣きくずれている。

粋な小紋を纏《まと》った丸髷《まるまげ》の女だ。

「おまつ」

三左衛門は発するや、血相を変えて人垣を掻きわけた。

垣根の先頭から躍りだし、脇目も振らずに駈けてゆく。

「おまつ」

振りむいた女の顔をみた途端、三左衛門は川原石に蹴躓《けつまず》いた。

おまつとよく似てはいるが、まったくの別人だった。

「助けてくださいまし。お武家さま、助けてくださいまし」

母親は公衆の面前で、裾に縋《すが》りついてきた。

泣き濡れた顔で喘《あえ》ぎつつ、必死の懇願《こんがん》を繰りかえす。

「可哀相じゃねえか、助けてやれ」

「そうだそうだ、助けてやれ」

人垣のなかから、無責任な声が投げつけられた。

助けるのは吝《やぶさ》かではないが、裾にしがみつかれていては動くこともできない。

「すまぬ、手を放してくれ」

なかば強引に母親を引きはがし、三左衛門は賤ヶ屋へちかづいた。

「来るな」

兇状持ちが吼《ほ》えた。

三左衛門は大刀を鞘ごと引きぬき、ぽいと抛《ほう》る。

「脇差も抛れ」

と、命じられた。

存外に冷静な男だ。

苦笑しつつ、脇差も足許へ置く。

「これでよいのか」

呼びかけると、男は空咳《からせき》をひとつ放った。

「何者だ、おめえは」

「行楽客さ」

「ふざけるな」

「ふざけてはおらん。萩を観にきたのだ」

「萩寺へか」

「そうだよ」

「咲いておるのけ」

「満開さ」

男は黙った。

「どうした、悔《く》いておるのか」

龍眼寺の手前まで来て満開の萩を目にできなかったことを、幼い娘を母親から奪って取り籠もったことを、この世に生を受けてから出くわしてきた諸々《もろもろ》のことどもを、そして、過ぎこし人生そのものを、悔いているのかと、三左衛門は問いかけた。

男は泣き声になった。

「おらあ、いつ死んだっていい」

「娘を巻きぞえにするなよ」

「巻きぞえにはしたくねえ」

はなしぶりから推すと、心の底から悪い人間でもなさそうだ。

三左衛門は毛臑《けずね》を剝き、筵の垂れた入口に一歩ちかづいた。

「来るでねえ、娘を刺すど」

「ひっ」

短い悲鳴が洩れた。

「待て、のぞみを言え」

「おめえに言ってどうなる」

「喋ってみろ。これも何かの縁ではないか」

男はまた黙った。

遠巻きに見守る野次馬は、息を呑んでいる。

川音がやけに大きく聞こえた。

と、そこへ、絽羽織《ろばおり》を纏った年嵩《としかさ》の同心と固太りの岡っ引きが飛びだしてきた。

「ん」

みたことがある。

本所見廻《ほんじょみまわ》りの荒木平太夫《あらきへいだゆう》と提灯《ちょうちん》持ちの文治《ぶんじ》、あまり評判の良くない連中だ。

いつもふんぞりかえっている荒木は「雪駄《せった》の土用干《どようぼ》し」と囁《ささや》かれ、ひとの手柄を横からかっさらう文治のほうは「鳶《とんび》の文治」と呼ばれている。

ふたりは地べたに蹲《うずくま》る母親を一瞥《いちべつ》し、ゆったり歩をすすめてきた。

やにわに、兇状持ちが怒鳴った。

「とまりやがれ、役人に用はねえ」

「けっ」

文治は構わずに足をはこびかけ、荒木に制止された。

「娘が刺されたら厄介《やっかい》なことになる。ここはちと様子見といこう」

「へい」

不浄役人の会話を聞き、母親が嗚咽《おえつ》を洩らした。

「うっ……うう」

襷《たすき》を渡された恰好の三左衛門は、小屋へ一歩ちかづいた。

男は声も出さない。

さらに大股でちかづき、筵の手前に立った。

内側の様子がなんとか把握《はあく》できる。

板間の隅で大柄の男が胡坐《あぐら》を掻き、膝に抱えた娘の咽喉《のど》へ鉈《なた》の刃をあてがっていた。

おすずとおなじ年恰好の娘は脅えきり、兎《うさぎ》のように縮こまっている。

「おぬし、名は」

「孫六《まごろく》」

「百姓か」

「そんだ」

「百姓が兇状持ちになったのか」

「三人殺《や》って追われてる……くそっ、んなことはどうだってええ。おめえさん、さっき、これも何かの縁と言っただな」

「言ったさ。喋ってみろ、何がのぞみだ」

「役人に知られちゃまずい」

「低声《こごえ》で喋れば聞こえんさ」

「のぞみを叶《かな》えてくれんのけ」

孫六は声を押し殺す。

「約束してくれたら、娘を放してやってもええだ」

「約束しよう」

間髪《かんはつ》を容《い》れずに応じると、孫六は唾を呑みこんだ。

「女房を請けだしてくれ……金ならある、金ならここに……この壺《つぼ》んなかに入れておく」

「女房の名は」

「おはぎ。源氏名《げんじな》はたぶん萩野《はぎの》だ」

「どこにおる」

「わからねえ。江戸のどっかだ」

「おいおい、江戸はひろいぞ」

「松平伊賀守《まつだいらいがのかみ》んとこの若党で、額に向こう傷のある男がいる」

「そいつが、女房の沈んださきを知っておるのか」

「女衒《ぜげん》の簔吉《みのきち》がそう吐いた……約束しただよな、のぞみを叶えてくれると」

「ああ、約束した」

「おらあ、おはぎにひとこと謝りてえ。この世におれほど莫迦《ばか》な男はいねえ。赦《ゆる》してくれ……この気持ちを、女房に伝えてくんねえか」

ほんとうは自分の口から伝えたかったが、孫六は江戸を彷徨《さまよ》い、萩寺の鼻先まで流れついたところで精も根も尽きはてた。

通りすがりの娘を人質にとり、赤の他人にのぞみを託そうとでも考えたのか。だとすれば、あまりに浅はかすぎる。脳味噌まで疲れきってしまっているのだ。

「頼む、おめえさん、約束してくれるだか」

「わかった」

三左衛門が頷くと、孫六は娘を放した。

娘は戸惑うように立ちあがり、跣《はだし》で土間へ降りた。

「ほら、こっちへ来な」

莚を捲《まく》りあげてやると、娘はわっと泣きながら腕に飛びこんできた。

「泣くな、もうだいじょうぶだ」

待ってましたと言わんばかりに、荒木と文治が駈けてくる。

「神妙にしやがれ」

文治が十手を翳《かざ》し、小屋へ飛びこんだ。

孫六は抵抗もせず、鉈を土間へ抛った。

荒木は悠揚《ゆうよう》と顎《あご》をしゃくり、文治に命じる。

「よし、縄を打て」

孫六は後ろ手に縛りあげられた。

一方、娘は母親のもとへ走ってゆく。

抱きあう母と娘を眺め、袖で涙を拭う者すらあった。

縄を打たれた孫六が小屋から出てくると、野次馬どもは一瞬静まり、すぐに罵《ば》声《せい》を浴びせかけた。

偉そうな態度の荒木が、三左衛門の背中に声を掛けてくる。

「おぬしの顔、どこかでみたことあるぞ」

「どこにでもあるような顔ですからな」

「ま、それもそうだ。褒美《ほうび》をとらせるゆえ、鞘番所《さやばんしょ》まで足労《そくろう》いたせ」

「結構です。褒美を貰うほどのことはしておりませんから」

「さようか。なれば、それでもよい」

孫六と不浄役人は去り、野次馬たちも散ってゆく。

荒木についてこいと命じられ、助けられた母娘のすがたも消えた。

代わりに、別の母と娘が三左衛門のそばへちかづいてきた。

おすずの手を引いたおまつである。

「困ったおひとだよ。恥ずかしいったらありゃしない」

おまつは喋りながら声を詰まらせ、目に涙を溜めた。

「娘さんが無事でよかったね」

「ああ」

「おまえさんはそそっかしい抜け作だけど、そこがいいところだよ」

おまつに褒《ほ》められた。おすずも自慢げな顔をしている。

だが、喜んでばかりもいられない。

三左衛門はふたりを待たせ、渡し小屋のなかへ踏みこんだ。

　そして、板間にぽつんと置かれた今戸焼《いまどや》きの壺を拾いあげた。

三

　三左衛門に金兵衛、それに定廻りの八尾半四郎が二階の離室《はなれ》へ集《つど》い、焼き目の粗い今戸焼きの壺を眺めている。

「この壺、なかなかに味がありますな」

「わしもそうおもった」

「浅間さまも」

「ふむ、孫六という男も、今戸焼きのような男でな」

「と、申されると」

「無骨で見てくれは悪いが、中身は誠実」

「恋女房のためなら、人殺しも躊躇《ためら》わぬ」

「馬鹿正直で騙されやすく、直情径行《ちょくじょうけいこう》な愚か者」

　三左衛門と金兵衛の掛けあいを、半四郎は黙然《もくねん》と聞いている。

　ひとりでは手に負えないと踏み、三左衛門は夕月楼へ足をむけた。

　相談に乗ってくれた金兵衛は、さっそく廻り髪結いの仙三を松平伊賀守邸へ探りに走らせた。

「孫六は詮議《せんぎ》が済めば、小塚原《こづかっぱら》にて処刑される。本人も覚悟はできていたはず、つまり、末期《まつご》の願いを浅間さまに託したというわけです。これを聞かずば、ふふ、化けて出られるやもしれませんぞ」

「金兵衛さん、脅かさんでくれ」

隣の半四郎が唐突に口をひらくなり、戯《ざ》れ句《く》を詠《よ》んだ。

「今戸焼き壺の中身は盗み金……浅間さん、その六十両は孫六が金貸しの安次郎《やすじろう》から盗みとった金だ。事情はわからんでもねえが、十手持ちのおれとしちゃ盗み金を使わせるわけにゃいかねえな」

金兵衛が口をへの字に曲げる。

「情けをかける余地無しか」

正直者が兇状持ちになった経緯《いきさつ》を聞こうと、半四郎を呼んだのが裏目に出た。

三左衛門としても、壺の金が使えなければ女房を請けだす約束を果たせない。

ともあれ、半四郎は殺しの経緯を知っていた。

「半月ほどめえのはなしさ。ところは紅花《べにばな》で有名な武州桶川村《ぶしゅうおけがわむら》だ」

小作人の孫六は従弟《いとこ》の虎松《とらまつ》に頼まれ、借金の請人《うけにん》になった。

ところが、虎松という男は食わせ者で、金貸しに借りた金を携《たずさ》えて逃げてしまった。

さっそく、債鬼《さいき》どもが孫六のもとへ押しかけた。

「金が払えねえなら女房を寄こせ。おきまりのはなしさ。おはぎは村一番の縹緻《きりよう》良《よ》しと評判の若女房でな。年はまだ十九、孫六が可愛がるのも無理はねえ」

女衒に見立《はな》てさせたところ、江戸の岡場所でも充分に高く売れる。金貸しの目当ては最初から、女房のおはぎだったというわけだ。

「孫六はからだを張って何度か阻んだものの、野良仕事に出た隙を衝《つ》かれ、ついに恋女房を掠《かす》められちまった」

通常なら泣き寝入りするところだが、孫六は逆上した。

金貸しの安次郎と乾分《こぶん》ひとりを鉈で叩き殺し、そのうえ、六十両もの大金を奪って逃げた。さらに、おはぎの足跡を追って半月後、執念でみつけだした女衒の脳天をも鉈で叩きわった。

運の悪いことに安次郎は庄屋の血縁、小作の孫六にとっては雇い主の縁者だった。主筋《しゆすじ》の相手を殺した罪は、理由の如何《いかん》にかかわらず重い。孫六は捕まれば、市中引きまわしのうえ磔獄門《はりつけごくもん》は免れまい。

江戸府内にも、孫六の人相書きは回覧された。

本来は八州廻りの管轄だが、墨引内《すみびきうち》で彷徨《うろつ》く兇状持ちは奉行所《まちかた》の星《ほし》になる。

「殺されたのは蛆虫《うじむし》みてえな連中さ。だからといって、孫六を野放しにしておくわけにゃいかねえ」

おはぎは金貸しから女衒の簑吉に売られ、簑吉から松平伊賀守の若党へ売られた。

おそらく、若党は置屋との仲介役をやっているのだろう。

伊賀守の下屋敷は木場《きば》の近くにある。ほんとうは横川《よこかわ》を南に行くべきところを、孫六は十間川を北へ遡上《そじょう》してしまった。

「何の因果《いんが》か、恋女房の名とおなじ萩寺まで流れついた。ところが、萩を目にすることもなく縄を打たれたってえわけだ。縄を打ったのが雪駄の土用干しと鳶とあっちゃ、同情もしたくなる」

「八尾さま、同情ついでに、壺の金で女房を請けだしてやったらいかがです」

金兵衛の口添えを、半四郎はぴしゃっと拒む。

「無理言うない」

「でも、そうなると、浅間さまのお立場がなくなる」

「金兵衛よ、どんな事情があろうとも殺しは殺しさ。生かすか殺すかのあいだにゃ、野太い線が一本引かれている。その線を越えちまった人間はよ、どんな正直者でも罰を受けなくちゃならねえ……だいたい、三人も殺った野郎が幼子を楯《たて》に取り、赤の他人にものを頼むってのは了見違《りようけん》いにもほどがあるぜ。なあ、浅間さん、そんな頼みはいい、いいかとしちまえばいいんだ」

「八尾さまらしくもない」

金兵衛は深々と溜息を吐く。

三左衛門はほとほと困った。

こんなことなら、半四郎に壺をみせなければよかったと、後悔しても後の祭り。

「こいつはおれが預かっとく」

半四郎は壺をひょいと拾いあげ、離室《はなれ》をあとにしたのである。

入れかわりに、仙三がもどってきた。

なぜか、おまつの弟の又七を連れている。

「よ、あにさん、おしさしぶり」

鯔背《いなせ》な細髷をてからせ、お調子者はひらりと手をあげた。

ふっくらした餅肌に吊り目、鼻は胡坐をかいている。

どことなく愛嬌のある顔だが、おまつと似ているところはひとつもない。

年は二十五、身を固めるどころか季節ごとに仕事を変え、この男はいっこうに腰が座らない。聞けば、いまは秋の七草売りや辻宝引《つじぼうび》きなどをやりながら、のらりくらりと糊口《ここう》を凌《しの》いでいるという。

金兵衛が笑みをかたむけた。

「そういやあ、又七つぁんは仙三と幼なじみだったねえ」

「洟垂《はなた》れのころは、よく小遣いをくれてやりましたがね、いまは仙三に小遣いをせびっておりますよ。うへへ、もつべきものは髪結いの達公《だちこう》ってね」

お人好しの仙三は隣であたまを掻いた。

三左衛門は仏頂面《ぶっちょうづら》で又七を睨《にら》みつける。

「なんで、おまえがここにおる」

「またあ、あにさん、おいらは若えころから呑む打つ買うの三道楽煩悩《さんどらぼんのう》にうつつを抜かし、親に勘当までされた身だよ。鉄火場《てっかば》のことなら、仙三よりずうっと詳しいんだぜ」

仙三がことばを引きとった。

「松平伊賀守さまんとこの若党は、平田馨之進《ひらたけいのしん》と申しやす。この平田が木場の御下屋敷で鉄火場を牛耳《ぎゅうじ》っていやがるんで」

「ふうん、どんな男だ」

「ひょろ長え瘦せぎすの男で、額に向こう傷があるとか」

「向こう傷か、なるほど」

「あにさん、善は急げだ。木場へ行こうぜ」

「なぜ」

「なぜって、平田とかいうさんぴんを締めあげ、孫六の恋女房が沈んださきを突きとめなきゃならねえんだろ」

仙三が横から口を挟む。

「平田は剣術の技倆《ぎりょう》を買われ、仕官が叶った人物とか。締めあげると言っても容易じゃありませんよ」

「仙三、でえじょうぶだよ、あにさんは小太刀の名人だい。それよか、あにさんが博打《ばくち》をてんで打てねえってことのほうが悩ましい。だいいち、博打をやらねえやつは中間部屋へは出入りできねえ。博打に勝たねえことにゃ、平田と面つきあわせてはなしもできねえだろう。な、そこで、又七さまの登場ってえわけだ」

博打のことなら任せておけと、不肖《ふしょう》の義弟は胸を叩く。

「それなら、餞別《せんべつ》を差しあげましょう」

すかさず、金兵衛が腹の太いところをみせた。

「ここに十両あります。いかがです、浅間さま、これを元手におはぎの身請金をつくるというのは」

選択の余地はない。

「十両をすったらそれまで。孫六も運がなかったとあきらめるしかない」

「それでは、金兵衛さんに申し訳ない」

「よろしいんですよ。浅間さまは幼い娘の命を救い、娘を楯に取った兇状持ちの希望まで叶えようとしていなさる。そのお気持ちだけでも、充分に十両の価値はあります。さあ、又七つぁん、これを」

小判十枚を手渡され、又七は拝むような仕種をした。

「さすがは夕月楼の旦那だ、ありがてえ」

「幸運を祈ってますよ」

「合点でえ」

又七はすっかりその気になっている。

三左衛門は重い尻をあげ、宵闇の迫る町へ繰りだした。

四

川風が黒橡《くろつるばみ》の袖を靡《なび》かせた。

柳橋から小舟に乗り、滔々《とうとう》と流れる大川を矢のようにくだる。

大橋《おおはし》、新大橋と潜りぬけ、対岸の万年橋《まんねんばし》で小名木川《おなぎがわ》に折れてからは、ひたすら東へ漕《こ》ぎすすむ。

又七は舳先《へさき》に座り、やたらにはしゃいでいた。

「聞いたぜ、あにさんもそそっかしいおひとだねえ。百川の若女将《わかおかみ》と姉さんをまちげえるとはなあ」

「ほう、あれは百川の若女将だったのか」

裾に縋りついた女の顔を浮かべようとしたが、おもいだせない。

「知らなかったのかい。もとは撫子《なでしこ》っていう吉原の花魁《おいらん》でね、そいつが一流料理屋の若旦那に見初《みそ》められ、三顧《さんこ》の礼で迎えられたってわけ。日本橋あたりじゃちょいと有名な美人女将さ。あにさんは、その撫子を姉さんと勘違えした。おかげで姉さんはほくほく顔、当面は何をやってもでえじょうぶだよ。げへへ、瓢箪《ひょうたん》から駒が出るとはこのことさ」

「おまえは瓢箪の川流れだ。すこしは落ちつけ」

「あにさん、撫子の身請代はいかほどかわかるかい。なんと三千両だとよ。おはぎも磨けば光る女なら、水呑百姓《みずのみびやくしよう》の女房でいるよか、苦界《くがい》に沈むほうが幸せだったかもしれねえ」

「おい、又七」

「なんだい」

差しだされたもっちり顔を、三左衛門はぱんと平手で叩いた。

「痛っ、なにすんだよ」

「金で買われる女の辛さを、おまえはひとつもわかっておらぬ」

それ以上、三左衛門はどう意見したらよいのかわからず、むっつり黙りこんだ。

頬に手形をつけたまま、又七はふてくされてしまう。

小名木川の両岸には、大名の下屋敷が練塀《ねりべい》を連ねていた。

下屋敷の中間部屋では、夜な夜な丁半博打がおこなわれる。

博打は法度《はつと》だが大名屋敷は治外法権《ちがいほうけん》、町奉行所の手はおよばない。ことに、郊外の下屋敷は悪党の巣窟《そうくつ》になりやすい。中間部屋を仕切る若党が折助《おりすけ》どもを唆《けしか》けて賭場《とば》を開帳し、いかさま博打で職人やお店者《たなもの》から身銭《みぜに》を巻きあげるのだ。

「胴元は口入稼業の万蔵《まんぞう》だよ」

機嫌を直した又七は、訳知り顔で説明する。

口入屋なら大名屋敷にも顔が利く、鉄火場の胴元であってもおかしくはない。

「万蔵ってのは悪い男だ。貧乏人から金を巻きあげ、その金を法外な利子で貸しつける。貧乏人は一発逆転を狙って、いっそう博打にのめりこむ。仕舞いにゃ身ぐるみ剝がされ、親類縁者ともども地獄へ突きおとされるって寸法さ。万蔵は笑いがとまらねえ」

小舟は海辺大工町《うみべだいくちょう》を右手に眺めつつ、新高橋《しんたかばし》の船着場へちかづいてゆく。

川面に曳かれた水脈《みお》は波紋となり、水の月を揺らした。

洪水での流出を避けるべく、小名木川の両岸には石積みがなされている。

新高橋はその名のとおり、平地から七尺余りの高みに架かっていた。

船着場に降りたつと、五つ（午後八時）を報せる捨て鐘が三つ聞こえてきた。

「さあて、繰りだすか」

又七はやけに張りきっている。

めざすところは広大な下屋敷の裏手だ。

練塀の狭間《はざま》に穿《うが》たれた潜り戸は開放されており、潜り戸を抜けると目つきの鋭い番人に誰何《すいか》された。

「どちらさまでしょう」

三左衛門は悠揚と微笑《ほほえ》み、指先ですっと額を撫でる。

「向こう傷の紹介でまいった」

「平田さまの」

「さよう、わしは横川釜蔵《かまぞう》、こっちは供の又助《またすけ》じゃ。平田にはかつて剣術指南をほどこしたことがあってな、たまには世俗の垢《あか》を洗いながすのもよかろうとおもい、まかりこした次第」

横柄な態度で嘘をならべると、六尺棒を握った番人は点頭《てんとう》しながら後ずさった。

「平田さまといえば一刀流《いっとうりゅう》の遣い手、時が時なればかような鉄火場に燻《くすぶ》っておられる御仁ではない……やに聞いております。さすれば、横川さまも一刀流の名人であられますか」

「お、まあな」

窄《すぼ》めた口が固まった。名人はおのれを名人とは言わない。

「これは失礼つかまつった。ささ、あすこの賭場口へ、小者が案内いたします」

「かたじけない」

又七は口を噤《つぐ》み、縺《もつ》れそうな足取りで連いてくる。

指定された賭場口には折助が待っており、草履番《ぞうりばん》よろしく傅《かしず》いてみせる。

「よくぞ、お越しになられました」

「ふむ」

折助の背につづいて、ふたりは長い廊下を渡った。

屋敷じゅうに、むんとした鉄火場独特の空気が漾《ただよ》っている。

騒がしくとも、家人は文句ひとつ言わない。所場代をたんまり貰っているからだ。中小の大名は台所を潤したいがために、座敷貸しに積極的であるとも聞く。が、まさか、これほどまで堂々と法度破りに加担しているとはおもわなかった。

二十帖敷きの大広間には、濛々《もうもう》と紫煙がわだかまっていた。

盆茣蓙《ぼんござ》のまわりにはぎっしり客が詰め、みな、壺振りの振りだす賽《さい》の目に固唾《かたず》を呑んでいる。宵越しの銭は持たねえと粋がってみせる連中が、夜な夜な大名屋敷へあつまっては湯水のごとく金を吸いとられてゆくのだろう。

「さあ張った張った。半方《はんかた》、半方の駒はごぜえやせんか」

客を煽《あお》りたてる諸肌《もろはだ》脱ぎの連中は、折助と呼ばれる渡り中間である。

下座《しもざ》の奥まった小部屋からは、牛並みに肥えた若党が睨みつけてきた。

部屋内をぐるりと見渡しても、向こう傷の男はいない。

「丁半駒揃いやした。ようござんすか、どちらさんもようござんすね、勝負っ」

中盆《なかぼん》の合図で壺がひらいた。

張りつめた糸が切れ、歓声と溜息が交錯《こうさく》する。

三左衛門は案内の折助に大小を預け、盆茣蓙の片隅に胡坐をかいた。

隣に又七が座る。

「駒をどうぞ」

頼みもしないのに、木札を手渡された。

後清算で帳尻を合わせる仕組みらしい。

そのほうが余計に浪費させられる。払えないときは身ぐるみ剝いでしまえばよい。刀を預かった以上は逃げられる心配もあるまいと、連中は踏んでいるのだ。

「張った張った。丁方《ちょうかた》、丁方はごぜえやせんか」

「よし、丁だ」

又七は駒を張った。

「勝負っ」

壺がひらく。

「一《ぴん》ぞろの丁」

「けけ、どんなもんだい」

合力《ごうりき》の操る手長《てなが》で負け駒があつめられ、又七の手前にすうっと寄せられてきた。

「あにさん、初手《しょて》は勝たしてくれるもんさ」

又七はにこにこしながら、囁きかけてくる。

おまつには、みせられない顔だ。

壺振りと中盆は気にも留めず、淡々とつぎの勝負にとりかかる。

又七はたてつづけに勝ちを拾い、調子に乗って大きく賭けては元手を減らした。

いつのまにか本来の目的を忘れ、丁半博打にのめりこんでいる。

三左衛門は半刻（一時間）ほど、じっくり観察しつづけた。

壺振りの所作や表情の変化、中盆のみせる怪しげな仕種《しぐさ》から場の空気にいたるまで、やがて、すべてを瞬時に読みきることができるようになった。

博打は間合い、壺振りとの呼吸で勝負は決まる。

剣術の申しあいに似ているとおもい、三左衛門はほくそ笑んだ。

「又七、わしにやらせろ」

元手を半分に減らし、熱くなっていた又七が投げやりに言いはなつ。

「くそったれ、もうやめた」

「ふふ、おまえみたいに堪《こら》え性《しょう》のないやつは、鴨《かも》になるだけだぞ」

「へん、やってみろってんだ。ぜんぶすっちまえ」

三左衛門は駒を受けとった。

絶妙の間合いで駒を張る。

小さく負けては大きく勝つ。

一刻もすると鼻先に堆《うずたか》く駒が積みあげられ、一人勝ちの様相をみせはじめた。

「すげえや、あにさんは大黒様だぜ」

又七は満面の笑みを泛《うか》べ、またはしゃぎだす。山の天気のような男だ。

そのとき、百目蠟燭《ひゃくめろうそく》の炎が揺れ、向こう傷の男があらわれた。

「おでましだな」

　手に大刀を提げている。痩せてみえるが、筋骨の逞《たくま》しい男だ。窪《くぼ》んだ眸子《まなこ》に痩《こ》けた頰、眉は薄く、顔色は病人のように蒼い。むかしの六法者《ろっぽうもの》風《ふう》に月代《さかやき》を広々と剃りあげ、わざわざ露出させた額の刀傷《かたなきず》が風貌に凄味をあたえている。

　目を背けたくなるほどの悪相だが、みかけだおしではない。

　物腰からもわかった。剣術の心得がありながらも、大名屋敷の若党風情に甘んじているのだ。

　それでも、職があるだけましだぞと、三左衛門はおもう。

　平田は下座《げざ》に控えた「牛」になにやら耳打ちされ、こちらをじろっと睨みつけてくる。

「又七、そろそろ手仕舞いにするぞ」

「ほいきた」

「けっ、勝ち逃げかよ」

　又七は三左衛門に命じられ、周囲の顰蹙《ひんしゅく》を買いながらも溝《どぶ》でも攫《さら》う勢いで駒を掻きあつめる。

平田が大股でのっそりちかづいてきた。

背後に屈み、臭い息を吐きかけてくる。

「ちと尋ねたいことがある。顔を貸してくれ」

「よかろう」

ざらついた声に応じ、三左衛門は腰をあげた。

五

丸腰のまま通された部屋は、庭に面した殺風景な六帖間だった。

正面に床の間はあるものの、軸もなければ花もない。

平田は大小を鞘ごと抜くと床柱を背にして座り、三左衛門と又七は下座に立ったままでいた。

背には廊下を挟んで庭、庭のむこうには練塀がつづき、左手の隅に潜り戸の篝《かがり》火《び》がみえる。

さきほどの「牛」も遅れてあらわれ、開けはなった障子の内側に控えた。

「座ったらどうだ」

平田に促され、三左衛門は鬢《びん》を掻いた。

「稼いだ駒を金に換えてくれ。それから大小も返してほしい」

「刀はだめだ。はなしが済むまで預からしてもらう」

「脇差だけでよい。返してくれ」

「小脇差か、それなら構うまい。岩木《いわき》、もってきてやれ」

「は」

岩木と呼ばれた「牛」は、平田に顎でつかわれているようだ。

脇差がとどくまで、三左衛門と平田は不自然な態勢で睨みあった。

岩木は重そうな体軀を揺すりながら、すぐにもどってきた。

「金はどうした」

「ふふ、はなしがさきだ」

「ほう、それはどうしたわけかな」

三左衛門の問いかけに、平田は抑揚もなく応じてみせる。

「素姓をはっきりさせてもらおう。岩木、脇差を返してやれ」

「は」

岩木は巨体を寄せ、にっと前歯を剝いた。

気色のわるい男だ。脇差だけでなく大刀も携えている。

「平田どの、こやつに大小を返しても差しつかえはござらぬ」

「なぜ」

「くふふ、こやつの得物は、ほれ」

岩木は嘲笑しながら、三左衛門の大刀を抜いてみせた。

「このとおり、竹光でござる」

「くっ、くはは」

平田は嗤《わら》い、呆れかえった。

三左衛門は大小を受けとり、畳に腰を降ろす。

「勝手に武士の刀を抜くとはな、非礼にもほどがあろう」

「けっ、竹光がなにをほざく」

と、平田は角張った顎を突きだす。

「おぬし、まことに武士か。門番にわしの名を告げたらしいな」

「そうでもせねば入れてもらえまい。嘘も方便さ」

「居直るのか。肝だけは太いな」

三左衛門は、前後に座る平田と岩木の位置取りをたしかめた。

又七は脇に正座し、袖をつかんではなさない。

「おい、放せ」

三左衛門は又七の手を振りはらい、竹光の納まった黒鞘を左手の側へ、脇差はさりげなく右手の側に置いた。

平田は訝《いぶか》しげに眉根を寄せる。

「おぬし、大目付《おおめつけ》支配の隠密《おんみつ》か、まさかな」

「ぷっ、いまどきそんな者がおるかい」

「それがおるのよ。気儘《きまま》に出没しては、大名のあらさがしをしよると聞く。されど、おぬしはちがうな。ただの食いつめ、野良犬であろう」

「みくびるなよ。この場で勝負してもよいぞ」

「竹光でやるというのか」

「わしが勝ったら、そこの牛に駒を換えてこさせろ。すくなく見積もっても五十両ぶんはあったはずだ」

「おぬしの流派は」

「無手勝流《むてかつりゅう》だ。わるいか」

「ふふ、門番に聞いたはず。わしは梶派一刀流《かじはいっとうりゅう》の免許皆伝者よ。おぬしのごとき竹光侍が勝てるとおもうのか」

「やってみなければわかるまい。ただし、寸留めの勝負にしよう。畳が血で穢《けが》されたら、おぬしも困るであろうからな。受けるか」

「約束は守れよ」

「よし」

「無論だ」

「合図は牛にやらせるがよい。いかさま博打の要領でな」

「ぬわに……っ」

電光石火、平田は抜いた。

片膝立ちから水平斬りに薙《な》いだ途端、白刃は空を斬り、そのまま掌《てのひら》を離れて横壁に突きささった。

「むう……くそ」

平田は右手を痺《しび》れさせ、苦しげに呻《うめ》いた。

鞘の鐺《こじり》で、甲を瞬時に叩かれたのだ。

しかも、血管の浮きでた平田の首筋には、脇差の刃があてがわれている。

刀身には薬師如来、文珠菩薩、毘沙門天という三体仏が鮮やかに彫刻されてあった。

「越前康継の三体仏小脇差、伝家の宝刀さ」

三左衛門は、身じろぎもせずに発した。

「ざまあみろい」

又七が吐きすてた。

背後に座った岩木は、呆気にとられている。

なにが起きたのか、正直、わからないのだ。

それほど、三左衛門の動きは捷《はや》かった。

「ひ、卑怯《ひきよう》な」

平田が向こう傷をひくつかせる。

三左衛門は悠然と応じた。

「誰も竹光でやるとは申しておらん。勝負に卑怯も糞もなかろう」

刹那、岩木が動いた。

「喝《かつ》……っ、座っておれ。抜けばこやつの首が飛ぶ」

三左衛門の怒声に気圧《けお》され、岩木は尻を落とす。

「下手な動きはせんことだ。ここで刃傷沙汰《にんじようざた》を起こせば、おぬしらの悪事は露顕する。賭博に関わった連中はひとりのこらず白洲《しらす》行き、よいのか、それでも」

「わ、わかった」

「よし、駒を金に換えてこい」

岩木が廊下へ消えても、三左衛門はおなじ姿勢をくずさない。

「さて、平田とやら、ちと訊きたいことがある」

「なんだ」

「おはぎはどうした」

「おはぎだと」

「源氏名は萩野、女衒の簑吉から買ったはずだ」

「おもいだした……さてはおぬし、不浄役人か」

「ん、ようわかったな。わしは南町の隠密廻りさ」

咄嗟《とっさ》に、三左衛門は嘘を吐《つ》いた。

この際、役人になりすましたほうがよさそうだ。

「賭博の一件は見逃してやってもよい。わしが知りたいのは萩野の行方だ」

「堕《お》ちたさきを吐けば、見逃してくれるのか」

「ああ、嘘は言わぬ」

「ならば教えよう。深川の仲町《なかちよう》に尾花《おばな》という置屋《おきや》がある。そこにおるはずだ」

「身請代は」

「あれは百姓の女房にしては上玉だ。六十両はくだるまい」

「そうか。ならば六十両を貰っていこう。牛に命じろ」

「おぬし、まことに不浄役人なのか」

「鉄火場荒らしなら、疾《と》うにおぬしの首は飛んでおる」

「それもそうだな」

意外と間抜けな男だ。

平田に輪をかけて間抜けな岩木は、帳場へとってかえした。

「足許をみやがって、この不浄役人め」

と、吐きすてた平田の首筋を、三左衛門は前触れもなく峰打ちにした。

平田は声もなく、畳のうえに頽《くずお》れる。

「やったぜ、あにさん」

又七ともども、障子の蔭に身を寄せたところへ、岩木が四角い箱を抱えてあらわれた。

「お、おぬし……平田どのを殺ったのか」

「眠っておるだけだ、金は」

「ここにある、ほれ、山吹色《やまぶきいろ》がざっくざく」

又七が箱を引ったくり、小判の枚数をざっと数えた。

「あにさん、ちゃんとある」

「よし、岩木とやら、われらを追うなよ。追ったら捕吏《とりて》を寄こすぞ」

「わかっておるわ。二度と面をみせるな、不浄役人め」

苦々しい顔の岩木を尻目に、三左衛門と又七はひょいと庭へ飛びおりた。

六

ふたりは尻端折《しりつぱしょ》りで、新高橋の船着場まで駆けもどった。

「船頭、仲町だ」

「へい」

小舟で横川を南下し、仙台堀《せんだいぼり》との交叉点《こうさてん》で右に折れる。

亀久橋《かめひさばし》の手前を左に折れて南下すれば、永代寺《えいたいじ》門前はすぐそこだ。

深川七場所と呼ばれる岡場所のなかでも、仲町には高嶺《たかね》の花の芸娼妓《げいしょうぎ》があつめられている。

一の鳥居を中心にして門前大路《もんぜんおおじ》には楼閣《ろうかく》風の茶屋が軒をならべ、妓《おんな》たちはみな呼びだしで、玉代《ぎょくだい》は昼夜とも二分一朱とさだめられていた。稼ぎの良い大工の手間賃で五日ぶん、蕎麦《そば》なら百四十杯ぶんの勘定だ。

深川では芸娼妓の置屋を「子ども屋」と呼ぶ。

たいていは大路の賑わいを避けた辻裏にあり、茶屋の若い者が贔屓客《ひいききやく》の指名に応じて差紙《さしがみ》をとどけにやってくる。

平田馨之進の告げた『尾花』も、薄暗い辻裏の一角にあった。

又七はさきほどから、浮き浮きしている。

三左衛門は躊躇《ためら》うこともなく、置屋の敷居を跨《また》いだ。

「ごめん、はいるぞ」

金精神《こんしょうじん》の飾られた内証《ないしょ》に、撫牛《なでうし》のような肥えた女が座っていた。抱え主の女将だろう。

女将は朱羅宇《しゅらう》の長煙管《ながぎせる》を燻《くゆ》らせ、胡乱《うろん》な眸子をむけてくる。

「なんの御用です。ここは置屋でござんすよ」

「萩野という妓をさがしておる」

「おや、揉め事はごめんだね」

「萩野を身請けしたいのだ」

けた。

「なんだろうねえ、藪《やぶ》から棒《ぼう》に」

女将は細い鼻の穴から紫煙を吐き、箱火鉢の縁にかつんと煙管の雁首《がんくび》を叩きつけた。

奥のほうから驚いたように、白塗りの妓たちが顔を出す。

三左衛門は、きまりわるそうに咳払いをした。

「おるのかおらぬのか。こたえてくれ」

「知らないよお。萩野なんて娘はねえ」

「金ならある」

上がり框《かまち》に箱を置き、又七に蓋を開けさせた。

女将は鶴のように首を伸ばし、眸子をほそめる。

「あら旦那、うふふ、それならそうと仰《おっしゃ》ってくださいな」

「だから、萩野を身請けしたいと申したであろうが」

「どうぞ、おあがりなされまし。御酒《ごしゅ》を仕度させますよ」

「結構だ、萩野を出してくれ」

「焦る何とかは貰いが少ないとか」

「ひとを物乞いあつかいするな」

「そんなに惚れていなさるのかい。あの娘も果報者だよ。売られてきたとおもったら、すぐに身請けだなんてねえ。ええ、なんでも相談に乗らせていただきますよ。萩野のことなら、尾花の葛葉《くずのは》にまかせてくださいましな」

葛葉と名乗る女将は、ぽんと胸を叩いた。

又七は奥の妓たちに色目をつかい、三左衛門に月代《さかやき》を叩かれる。

「旦那、萩野はお座敷に揚がらせておりましてね。でも、ご心配なさらずに。客はとらせませんよお。萩野はあれだけの縹緻良しだから、勿体《もったい》つけて高く売りこまなきゃ損なんです。なんなら、今宵は旦那に床入りのお相手をお願いしましょうかねえ」

「な、なにを抜かす」

「おや、狼狽《うろた》えなすったね。箱の中味をみさせてもらいましたよ、ざっと六十両はござんすねえ」

「ぴったりだ」

「六十両ぽっちじゃ、身請けなんぞできやしませんよお」

「なんだと」

「倍の百二十両はいただかないと」

「このあま、足許をみるんじゃねえぞ」

弾けた又七は葛葉に睨まれ、口をぱくつかせた。

「だから申しあげたんですよ。今宵のお相手をしてくださいましとね。身請けまでしようってほどの男に抱かれりゃ、あの娘もあきらめがつくってもんだ。いまだに亭主の顔をおもいだし、一晩中《よっぴて》泣いているんですよ」

「そうなのか」

「よっぽど好きだったんだろう。でもね、旦那、ようく聞いておくんなさいな。岡場所では、あの娘だけが特別じゃないんですよ。ここにいる妓《こ》たちはみいんな、それぞれに事情ってものを抱えている。男どもに踏みつけられた野面《のづら》の草も同然なんだ。苦界で花を咲かせるにゃ、それなりの覚悟ってものがいるんです。あの娘も、ちゃんとわかってくれるはずさ。だからね、岡場所の妓たちに安い同情なんぞいらない。あるだけ邪魔なんですよ」

妙に説得力がある。三左衛門は押し黙った。

「萩野には、最低でも八年の年季奉公が待っているんです。ねえ旦那、あの娘に一夜の夢をみさせてあげてくださいな」

「一夜の夢」

「これも運命《さだめ》ってもんだ。おまえさんに意気地ってものがあるなら、萩野を抱いておやりよ」

伝法膚《でんぼうはだ》な物言いに、三左衛門は苦笑せざるを得ない。

「茶屋の名は桔《き》梗《きよう》屋《や》ですよ」

葛葉に「はなしをとおしておくから」と言われ、三左衛門は頷いた。

小半刻（三十分）ほどして、差紙を持った若い者があらわれた。

三左衛門は提灯に足もとを照らされながら、仲町の大路へむかった。

又七はなぜか、おどおどしている。

「あにさん、姉さんにはぜったい喋られねえ。うん、こいつは男と男の約束だぜ。なんだったら、おいらは気を利かせようか」

「莫迦、余計な気をまわすな」

鬱々《うつうつ》とした気分で夜空を仰げば、月がしみじみと囁きかけてくる。

気づいてみれば、眼前に『桔梗屋』の楼閣が聳《そび》えたっていた。

履物を脱いで大階段をのぼり、廻しの者に案内されて長い廊下を渡ってゆく。

奥座敷には沈香《じんこう》が焚《た》かれ、妖しげに閃《ひらめ》く灯火のそばに褥《しとね》がのべてあった。

又七はもういない。妙な気分だ。おまつの顔が脳裏に浮かぶ。

ほどなくして、廊下のむこうから衣擦《きぬず》れがちかづいてきた。障子の狭間《はざま》からぬっと顔を出したのは、化け物じみた顔の遣り手だった。

「萩野をお連れしましたよ、うひひ」

鉄漿《かね》を塗った前歯を剝き、遣り手は皺顔《しわがお》をくしゃくしゃにする。

「さ、おはいり。旦那がお待ちかねだよ」

「はい」

四肢のすらりとした女が、なよやかにあらわれた。

「旦那、こちらが桔梗屋いちおしの萩野ですよ」

三左衛門はことばを失った。

——美しい。

これがほんとうに百姓の女房なのか。

髪は優雅な御所風《ごしょふう》に結われ、鼈甲《べっこう》の櫛《くし》と平打簪《ひらうちかんざし》で飾られている。

雪のような柔肌に桃色の豊頰《ほほ》、朱唇《くちびる》は芳香を匂いたたせる蕾《つぼみ》のようだ。

しっとりした肉置《ししお》きは、華美な衣裳に包まれていた。小袖は紫苑《しおん》と黄檗《きはだ》の暈《ぼ》かし染め、裾模様は女郎花《おみなえし》と藤袴《ふじばかま》に彩られ、帯は豪華な七宝繫《しっぽうつな》ぎ、襟もとには襦袢《じゅばん》の緋色が覗いている。

「ね、旦那、綺麗《きれい》な妓でありんしょう」

「そ、そうだな」

「旦那は運がよいおひとだよ、うひひ」

遣り手は下品に笑い、障子を閉めて去った。

おはぎは小首をかしげ、恥じらうように咲《えも》うてみせる。

もはや、苦界に堕ちた辛い運命を受けいれてしまったのか、横顔は愁《うれ》いをふくんでいるものの、おどおどした様子は感じられない。

おはぎは背をむけて褥に座り、膝を斜めにくずしてみせた。

首筋には化粧《けわい》がほどこされ、毛際に汗が滲《にじ》んでいる。

おもわせぶりな仕種で、おはぎは小袖をつっと脱ぎかけた。

「待て、おぬしを抱く気はない」

「え、戯れておられるので……」

おはぎは白い腕を持ちあげ、長い指で櫛笄《こうがい》をはずす。

黒いさげ髪が、ぱらりと肩に落ちた。

「二度も言わせるな。抱く気はないのだ」

「そんな、困ります。さ、こちらへ」

「この世におれほど莫迦な男はいねえ、赦してくれ……おはぎよ、そいつが孫六からの伝言だ」

「え」

おはぎは仰天《ぎようてん》し、膝を躙《にじ》りよせてくる。

「夫は、孫六は……ど、どうしておるのでございます」

「知らぬのか」

迂闊《うかつ》だった。

鳥籠《とりかご》に閉じこめられた遊女のもとに、外界のことは容易に伝わらない。

龍眼寺そばの取り籠もりは、本所深川界隈では耳目をあつめた出来事のはずだが、岡場所へ通ってくる遊客たちはみな、興醒めになるような世間話をしたがらないのだろう。

「お教えください。夫がどうなったというのです」

おはぎは両手で襟を合わせ、脅えた目をむけてくる。

濡れたような瞳で凝視《みつ》められ、三左衛門は躊躇《ためら》った。

ひょっとすると、余計なことをしようとしているのかもしれぬ。

末期《まつご》のおもいを伝えてやるなどと、身勝手な約束をしてしまったせいで、女をひとり苦しませることになるのだ。

夫の死にゆく運命を知った途端、おはぎは取り乱すかもしれない。

「あのひとはどうせ、新しいお嫁さんを貰うのでしょう」

「なにを申す」

「虎松どんに、そう聞きました」

「虎松、孫六の従弟か」

「はい、優しいおひとです。三日にあげず、慰めにいらしてくれます」

「なんだと」

おはぎは知らない。

虎松が金を借りて逃げたせいで自分が売られたことも、孫六が磔獄門になろうとしていることも知らないのだ。

「夫は悪いひとに騙され、博打で大負けしたと聞きました。それで、債鬼が何度もやってきたのだと、虎松どんに聞かされ、ようやくわかりました。でも、わたしは夫を恨んでなぞおりません。あのひとが幸せになってくれれば、それでいいんです」

一方の虎松は、おはぎが知らないのを良いことに、情夫《いろ》にでもなろうとしているのだろう。もしかしたら、最初からそれを狙っていたのかもしれないと、勘ぐりたくもなってくる。だいいち、この広い江戸で、おはぎの居所を容易に突きとめられるはずはないのだ。

腸《はらわた》が煮えくりかえるのと同時に、三左衛門は迷った。

迷ったあげく、何も告げられずに桔梗屋を去るしかなかった。

七

金兵衛は月を愛《め》でる投句の宴に誘ってくれたが、十三夜の月は期待できそうにない。

夕刻、七つ下がりの雨が降りだした。

萩、撫子《なでしこ》、葛、女郎花、藤袴、路傍に咲く花はしっとりと濡れ、鮮やかな色を際立たせている。

「けっ、よく降りやがる」

雨垂れの滴る茶屋の軒下で肩を窄め、又七は恨めしそうに空を仰いだ。

「七つ下がりの雨と四十過ぎの道楽はやまぬとか。せっかくの月見もだいなし、夕月楼の句会もお流れだな、こりゃ」

「文句を言うな」

「文句のひとつも言いたくなるぜ。いつ来るとも知れねえ野郎を待ちつづけて三日目、今宵は濡れ鼠《ぬねずみ》だ」

「嫌なら消えろ」

「消えてえのは山々だけど、おいらはどうしても、虎松とかいう野郎を懲《こ》らしめてやりてえ」

どうやって懲らしめるか、三左衛門に妙案はない。

おはぎによれば、虎松は安くもない玉代を払い、三日にあげずに通ってくるという。そうとなれば、月は出ずとも恋の成就《じょうじゅ》を願う十三夜の願掛けには、かならず桔梗屋へあらわれると踏んだ。

虎松の所在は調べようがない以上、鼻のしたを伸ばしてやってくるところを捕まえるしか手はない。

通りを挟んで正面には桔梗屋の楼閣が聳《そび》えたっている。

仲町の茶屋街は、雨でも遊客の影が絶えることはなかった。

「あにさん、孫六はやっぱ磔獄門と決まったらしいな。仙三のやつが言ってたよ」

知っている。半四郎がわざわざ報せてくれた。

三日後の十六日早朝、孫六は市中引きまわしのあと、小塚原で磔柱に縛られる。この世に未練をのこし、可愛い女房の行く末を案じながら、刑場の露と消えるのだ。

秋の雨はひとの心を鬱々《うつうつ》とさせる。

ふと、戯れ句が三左衛門の口を衝いて出た。

「常世《とこよ》へと彷徨《さまよ》う旅の引かれ者、未練哀しや萩を手折《たお》れば」

「しみじみするねえ……ところで、あにさん、虎松の顔はわかってんのかい」

「無論だ」

おはぎに聞いた。

色は浅黒く、鼻が天狗《てんぐ》のように尖った男らしい。

「なら、すぐにわかんな。おいらにも二、三発撲《なぐ》らせてくれ」
二、三発撲っただけで、済まされるはなしでもあるまい。
だが、孫六は虎松にたいして恨みがましいことを何ひとつ吐かなかったという。

半四郎がわざわざ小伝馬町の牢屋敷を訪ね、本人に訊いてみたのだ。

孫六は物相飯《もつそうめし》を美味《うま》そうに食いながら、虎松とは兄弟同然に育った仲だからと応じた。

逆に、おはぎの所在を糺《ただ》され、半四郎は応《こた》えに詰まった。

今戸焼きの壺金をつかえば、身請けしてやれないこともないが、ここは心を鬼にしなければならない。そう、胸の裡に言い聞かせ、慰めのことばも吐かずに牢屋敷を去ったらしい。

詮無《せんな》いことだと、三左衛門はおもう。

格言どおりに雨は降りやまず、からだはすっかり冷えきった。

六つ半（午後七時）を過ぎたころ、屋台のすしを買わせに又七を走らせた。

直後、天狗鼻の男があらわれた。

「来たな」

孫六に似て、大柄な体格だ。

女物の浴衣《ゆかた》を合羽《かっぱ》代わりに引っかけ、尻端折りで泥撥ねを飛ばしてくる。

正直者の従兄を騙して金をつくり、江戸へ出てきてからも悪さを繰りかえす半端者、小狡《こずる》い山出し男は従兄の女房をも誑《たら》しこもうと狙っている。

三左衛門は軒下から一歩踏みだし、爪先を土に埋めた。

その刹那、別の軒先から影がひとつ躍りだし、通りを風のように横切ったのだ。

折助風の男である。手許には匕首《あいくち》の刃が閃いていた。

「死ね、虎松」

「うおっ」

どんと鈍い音が聞こえ、虎松のからだが弾けとぶ。

三左衛門は斜めに駈けだした。

折助の逃げる方角から、又七がいそいそともどってくる。

「又七、そいつを捕まえろ」

「うへっ」

又七は脇へ避け、ひょいと片足を差しだした。

絶妙の間合いで足を掛けられ、折助が顔から落ちてゆく。

又七はその場で一回転し、握りずしを地べたにぶちまけた。

「ちぇっ、勿体《もったい》ねえじゃねえかよ」

三左衛門が追いついた。

折助の背へ馬乗りになり、髷を引っぱる。

「い、痛え……は、はなしてくれ」

「なぜ、虎松を刺した」

理由を糺すと、折助は捲《まく》したてた。

「あの野郎、万蔵親分の金を盗みやがった」

「万蔵、口入屋か」

「そうだよ。虎松は草鞋《わらじ》を脱がしてやった恩も忘れ、鉄火場の売上《あがり》をちょろまかしたのさ。殺しても殺し足りねえ野郎なんだよ」

三左衛門が髷をはなすと、折助は転びながら逃げていった。

「あにさん、あれ」

又七の指差すほうに、野次馬があつまりかけている。

虎松は大の字になり、眸子を瞠《みは》ったまま死んでいた。

左胸に匕首が深々と刺さり、溢《あふ》れでる鮮血が雨に流されてゆく。

想像するに、虎松は口入屋の万蔵を頼り、鉄火場の雑用でもやらせてもらっていたのだろう。運命《さだめ》はめぐりめぐって、いつかは、おのれのしでかしたことの始末をつけねばならなくなる。どんな悪党も、天の網からは逃れられない。

雨脚が強くなってきた。

野次馬のなかには、濡れ髪の遊女たちも混じっている。

「わっ」

ひとりの遊女が、緋色の襦袢姿で駈けだしてきた。

「あにさん、おはぎじゃねえのか」

「ふむ、そのようだな」

髷のくずれたおはぎは屍骸《むくろ》のまえでへたりこみ、空を見上げて大泣きしはじめた。

「何にも知らずに泣いてやがる」

「又七、おはぎを責めるな。大人にみえても年は十九、同郷の顔馴染《かおなじ》みが惨《むご》い殺され方をしたら、人目も憚《はばか》らずに泣きたくもなるだろうよ」

「どうすんだい。孫六のことは、はなしてきかせなくてもいいのかい」

三左衛門は迷っている。

事情を知れば、おはぎは悲しむ。

知らずに過ごすことができれば、孫六と過ごした日々の記憶も徐々に薄れてゆくことだろう。

それでよいのか。それで、孫六は浮かばれるのか。

どっちにしろ、今夜のところはそっとしておくほかあるまい。

「あにさん」

又七がいつになく真剣な顔で囁いた。

「ここはひとつ、姉さんに聞いてみたらどうだい」

三左衛門もさきほどから、おなじことを考えていた。

八

翌朝、十四日はからりと晴れた。

待宵から十五夜にかけて、深川は富ヶ岡八幡《とみがおかはちまん》の大祭一色になりかわる。辰巳《たつみ》芸者の華やかな手古舞《てこまい》いと神輿《みこし》の荒担ぎ、町々は競いあうように大幟《おおのぼり》を掲げ、門前大路を練りあるく山車《だし》を観ようと、江戸じゅうから大勢の見物客が押しよせる。

大川を挟んでこちらの照降町にも、何となく浮ついた空気が流れていた。長屋の連中は大挙して深川へ繰りだしたものの、三左衛門は腰をあげる気がしない。

処刑される孫六のことが気に掛かり、すこしも興が湧かないのだ。

おすずは祭り見物に連れていってもらえず、膨《ふく》れ面《つら》をつくっている。

一方、おまつはすこぶる機嫌がよい。

昨日の八つ刻（午後二時）に百川の若女将が訪れ、娘を救ってもらったお礼にと、御用菓子屋の練り羊羹《ようかん》を置いていった。高級な羊羹も嬉しいが、三左衛門が美人女将と勘違いしてくれたことがなによりも嬉しいらしい。

おまつは月見団子《だんご》を捏《こ》ねながら、気味が悪いくらいに笑顔を絶やさないのである。それをよいことに、三左衛門は朝から銭湯へ行き、湯上がりの冷酒を啖《くら》っていた。

肴はぴっと身の締まった小振りの秋茄子《あきなす》、これを浅漬けにし、ひとくち囓《かじ》っては冷酒を呑む。

「たまらんな」

あとは鰯の焼いたのでもあれば、昼餉《ひるげ》の飯は何膳でもいける。

「おまかせくださいな。鰯も七度洗えば鯛《たい》の味と申しますがね、そんなのは愚《ぐ》の骨頂《こっちょう》ですよ。いま時分の鰯は脂が乗ってそりゃ美味い」

この時期、九尺店は鰯長屋と化す。

どの家でも、餉《かれい》には鰯を食うのだ。

「おまつ、ちと相談事がある」

「あらたまって何でしょうねえ」

「じつは四日前、深川仲町の桔梗屋という茶屋へ揚がった」

「おや」

団子を捏ねる手がとまった。

「又七のやつから鉄火場の一件は聞いたけど、岡場所のはなしはこれっぽっちも聞いていないよ」

「誤解せんでくれ。孫六の女房に逢おうとおもったのだ」

「それで、お逢いできましたか」

「逢うには逢ったが、孫六の処刑のことは伝えられなかった」

「どうして……もしや、おはぎさんてひとは、亭主のしでかしたことを知らないのかい」

「じつはそうなのだ」

勘の良いおまつはすべてを理解し、しばらく考えこんだ。

新しい団子を器用に捏ねながら、おもむろに口をひらく。

「あたしがおんなじ立場なら、あとで知らなかったことを後悔するとおもうよ」

「どうせ、いつかは真相を知ることになる。そのときになって、何であのとき誰も教えてくれなかったんだろうってね、きっと恨むはずさ」

孫六が生きているあいだに、一度でいいから顔を拝みたい。

すべてを知れば、おはぎはそうおもうにきまっていると、おまつは言う。

引きまわしは明後日、明け六つとともに、孫六は牢屋敷から引きだされる。両国浅草橋から神田川を渡り、蔵前《くらまえ》を通って浅草へ、山谷堀《さんやぼり》を過ぎて田畑のなかをひたすら北へすすむ。千住大橋《せんじゅおおはし》手前の小塚原までは二里十町、引きまわしの行程は長いようで短い。就中《なかんずく》、これが見納めとおもう者にとっては、あまりにも短すぎる。

そうであればなおさら、恋慕《れんぼ》する相手の生きているすがたを、しっかりと目に焼きつけておきたい。それが、ひとの情というものだろう。

「心配だねえ。おまえさんは口下手だから、亭主の気持ちがうまく伝わるかどうか。それに、葛葉とかいう置屋の女将さんを説得しないかぎり、遊女は外へ出してもらえないよ」

「それもそうだ。困ったな」

「そうかい」

「又七に聞いたよ。鉄火場でけっこうな泡銭《あぶくぜに》を稼いだらしいね。おまえさん、そいつをいったい、どうするおつもりだい」

「どうするって」

「置屋の女将に預けておやり。身請けが無理なら、おはぎって妓の年季を減らしてもらうんだよ」

「それは妙案かもしれぬ」

三左衛門は膝を打った。

女将の葛葉は難物だが、金を積めば少々のことは聞いてくれるにちがいない。

「哀れな亭主への餞別《はなむけ》さ。せめて、それくらいのことはやっておやりな」

が、どっちにしろ、おはぎにはきちんと経緯を説明しなければならない。

はたして、亭主のことをうまく告げられるかどうか。

それを考えると、三左衛門は気が滅入ってくる。

――雀、雀、雀え。

表通りから、放し鳥を売る声が聞こえてきた。

そういえば、明日は八幡宮の放生会《ほうじようえ》でもある。

雀や鰻《うなぎ》や亀をわざわざ買いもとめ、空や川に放って功徳《くどく》とするのだ。

殺生を戒《いまし》める放生会は豊後《ぶんご》の宇佐《うさ》八幡宮を嚆矢《こうし》とする神事だが、秋分の江戸を彩る風物詩でもある。

三左衛門も昨夜、小名木川の河口に架かる万年橋のそばで亀を買ってきた。

おすずはこの土産を喜び、水を張った桶に亀を泳がせて遊んでいる。

「取り籠もりのときは、孫六ってひとが恐くって、ひどく憎かったけど、事情を聞けば可哀相にもなってくる。できればあの亀みたいに、解きはなちになればいいのにって、祈っても仕方ないけれど、祈らずにはいられないよ」

今夜の待宵と明日の十五夜、おまつはふた組の男女を見合いさせる。

縁談がまとまれば、十分一屋は嫁入り仕度金の一割を手にできるのだ。

親子三人で名月を堪能したいが、ここは稼ぎを優先しなければならない。

おまつが丸めている団子は、見合いの雰囲気を盛りあげるための小道具だった。三方盆を薄《すすき》や女郎花で飾り、柿や栗や葡萄《ぶどう》などを堆く積んだうえで団子を供える。どうか、どうか良縁でありますようにと願いつつ、丹精籠めて団子を捏ねあげるのだ。

出来合いではなく、自前でこうしたものまでつくる気配りが、いかにもおまつらしい。

「お月見の晩は、娘さんにそっと団子を盗ませてあげるんだよ。そうしたらね、かならず良い子が生まれるのさ」

見合いには、おすずもついてゆく。三左衛門は盃の月を愛でながら、ふたりの帰りをじっと待つ。

もちろん、九尺店にも三方盆は飾られる。見合いの小道具に負けず劣らず、それは豪華な代物だ。

いっしょに暮らす家族があればこそ、享受できる楽しみもある。

もはや、孫六とおはぎは、夫婦仲良く月を愛でることもできない。

が、もういちど会うことが叶えさえすれば、ふたりはたがいに結びつきの強さをたしかめることができる。来世でも夫婦《みようと》になろうと誓いあうこともできるのだ。

やがて、裏長屋の露地に、鰯を焼く匂いが漾《ただよ》いはじめた。

昼餉を済ませたら深川へ行こうと、三左衛門はおもった。

九

葉月十六日朝、曇天。

罪人孫六は後ろ手に縛られ、軽尻馬《からじり》に乗せられて牢屋敷を出た。

罪状の記された捨札を先頭に、幟を掲げた小者一名、長柄槍を担いだ小者二名、馬の轡《くつわ》を曳く小者一名、さす股《また》や突棒《つくぼう》などを担いだ小者三名がつづき、当番の同心四名が背後を固めている。さらにあとで、検使与力一名と供人《ともびと》四名がくわわる。

いかにも仰々《ぎようぎよう》しい一行に映った。

薄い霧が、裾を嘗《な》めるように流れている。

馬の息は白く、月代も髭も伸びきった孫六は眠ったように項垂《うなだ》れていた。

明け方にもかかわらず、沿道には多くのひとが出ている。

重罪人の引きまわしは、市井のひとびとにたいする教育の場でもある。

「ほら、みてごらん。悪いことをするとね、ああなっちまうんだよ」

見物人のなかには、お上からのお達しを忠実に守り、子供を連れてくる親たちも少なくない。ためしに、おまつとおすずを誘ってみたが、ふたりとも「行きたくない」と首を横に振った。

三左衛門は八尾半四郎ともども、両国浅草橋で引きまわしの一行を待ちかまえている。

霧の狭間《はざま》にみえる川面は暗く、流れはかなり夙《はや》い。

沿道にならぶ群衆のなかには、金兵衛、又七、仙三の顔もみえる。

半鐘泥棒の異名をもつ半四郎がぐるりと見渡しても、おはぎらしき女のすがたはない。

「いねえな」

一昨日、三左衛門はおまつに教えられたとおり、置屋の女将のところへ金を預けにいった。ところが、女将の葛葉はすでに詳しく事情を知っており、自分の口からおはぎに伝えてやろうと胸を叩いてくれた。それもそのはずで、半四郎がひとあしさきに女将を説得していたのである。

「浅間さん、おれたちにできるのはここまでだ」

「そうですね」

「ここまでやってやりゃ、孫六も本望だろうよ」

半四郎に慰められても、気持ちはいっこうに晴れない。

約束を交わしたにもかかわらず、おはぎを身請けすることはできなかった。

「浅間さん、なぜ、そこまで約束にこだわるんだい」

「さあ、それは」

三左衛門は口ごもった。

自分でも、よくわからないのだ。

崖っぷちに追いつめられた男の眼差しに打たれたから。そうとしか応えようがない。

孫六にとって、おはぎは唯一の花であった。

花を慈《いつく》しむこともできず、孫六はもうすぐ常世へと旅立ってゆく。

三左衛門は、小塚原という刑場地を知らない。

千住大橋に向かって奥州道《おうしゅうどう》をたどり、泪橋《なみだばし》を渡ったさきの荒寥《こうりよう》とした野面、そこは置き棄てられた罪人の白骨が累々《るいるい》とする墓場とも聞く。

草木の一本も生えぬ刑場地を、ひとは「骨ヶ原《こつがはら》」と呼んだ。

川風の吹きぬける野面には、成仏できない罪人たちの慚愧《ざんき》や未練が渦巻いているのだろう。

孫六は長さ二間の磔柱に大の字で縛りつけられ、左右下方から抜き身の槍で腹を突かれる。槍の長さは二間三尺、突き手は穂先すべてが背中から突きでるほどの勢いで貫かねばならない。

さらに、孫六には死後も恥辱刑が待っている。

死に首が獄門台に晒《さら》されるのだ。

三日間晒されるあいだに、山狗《やまいぬ》が何処《どこ》かへ銜《くわ》えゆくこともあるらしい。

孫六がなぜ、そうした凄惨な刑を受けねばならぬのか。

理不尽《りふじん》な世の中をいくら憂《うれ》えても、三左衛門に孫六を救ってやることはできない。

せめて最後に一目だけでも、おはぎのすがたをみせてやりたかった。

「ん、来たぞ」

群衆がざわめき、すぐに静まりかえった。

霧のなかを泳ぐように、引きまわしの一行がちかづいてくる。

「まるで、死人《しびと》の葬列だな」

半四郎のつぶやくとおり、小者や同心たちはみな能面のように表情がない。

馬上にある孫六も黝《あおぐろ》い顔で俯《うつむ》き、生気のない眼差しを地べたに落としている。

あまりの哀れさに、三左衛門は顔を背けたくなった。

と、そのときである。

「おまえさん」

張りつめた空気を裂くように、凜《りん》とした声が響いた。

花色模様の裾をひるがえし、沿道から若い女が飛びだしてくる。

馬上の孫六がはっとして顔をあげ、口をもぐつかせた。

「お……おはぎ」

呼びかけても、声にはならない。

沿道の群衆はみな、息を呑んだ。

三左衛門と半四郎も、じっと事の成りゆきを見守っている。

「おまえさん、泪橋までいっしょに行くよ」

おはぎは叫び、つんのめるように軽尻馬へ近寄った。

「止まれ、女、止まるのだ」

小者たちが目を剝き、居丈高《いたけだか》に得物を振りかざしてみせる。

刹那、半四郎がずいと往来へすすみでた。

「馬鹿野郎、いっしょに行かせてやれ」

雷鳴のごとき怒声を浴び、小者たちは引っこんだ。

群衆のあいだからも怒号が飛び、波のようにうねりながら沿道へ拡がってゆく。

役人たちは身の危険を察し、おはぎの随行を黙認せざるを得なくなった。

「おはぎ……おはぎよ」

馬上にある孫六は、おおきな赤ん坊のように泣きじゃくっている。

おはぎは気丈《きじょう》にも泣かず、しっかりとした足取りで橋を渡りはじめた。

あと半月もすれば萩は散り、初雁《はつかり》が北の空から竿《さお》になって飛んでくる。

雁は常世の使者ともいう。

毎年秋になれば、おはぎは孫六のことをおもいだすにちがいない。

さめざめと泣きながら、だいじにしてくれた夫のことをおもうのだ。

「浅間さん、いっそのこと泪橋まで歩きますか」

「そうしましょう」

半四郎と肩をならべ、三左衛門は軽やかに歩みだす。

金兵衛も又七も仙三も、群衆までがぞろぞろついてきた。

「ねえ、おまえさん……おまえさんは、三国一の果報者だよ」

にっこり微笑むおはぎの頬に、ひとしずくの涙が零《こぼ》れおちた。

恋病《こいや》み半四郎《はんしろう》

一

神無月立冬《かんなづきりっとう》、上亥《じょうい》。
紅葉も盛りを過ぎると肌寒さは増し、亥の日の炬燵《こたつ》開きとなる。
照降町の九尺長屋《くしゃくながや》にも、質流れの置き炬燵が据えられた。
櫓《やぐら》のなかへ炉を入れたものに、厚手の四角い布団を掛ける。
簡素な代物だが、暖かい。
「これがなければ冬は越せぬ」
三左衛門はつぶやき、ずるっと洟水《はなみず》を啜《すす》った。
綿入れのうえに弁慶縞《べんけいじま》の丹前《たんぜん》を羽織り、炬燵でまるくなっている。

貧乏人は残暑が過ぎると蚊帳《かや》を質に入れ、肌寒くなると炬燵を質屋から調達する。寒さがやわらげばこんどは炬燵を質に入れ、暖かくなると質流れの蚊帳を安く買いこむ。

「まさに貧乏人の輪廻《りんね》だな」

と発したそばから、くしゃみが出た。

鼻風邪《はなかぜ》を引いているのだ。

おまつが土間で溜息を吐《つ》いた。

「できることなら、表の明店《あきだな》を借りたいよ」

ふた間つづきの表店なら、畳半帖ぶんを切った掘炬燵の備えもある。

ただし家賃は二分、九尺店の五倍はする。

「おいそれと引っ越しもできやしない。おまえさんに出職《でしょく》をやれとも言えないし、お侍ってのはほんと潰しの利かない商売だよ」

「いっそ商人にでもなるか」

「莫迦《ばか》言いなさんな。商売には才覚ってものがいるんですよ。おまえさんはからっきし……ほら、玉子酒ができたよ。おすず、もっておいき」

「はあい」

おすずはあやとりの手を休め、玉子酒をはこんできてくれた。

「おっちゃん、はやく治さなきゃだめだよ」

あいかわらず、八つの娘はこまっしゃくれた口を利く。

長屋の連中に「卵に目鼻の可愛いお嬢ちゃんだ」などと持ちあげられ、本人もその気になっていた。一人前に好きな男の子がおり、辻占《つじうら》などに興味をもちはじめている。

「おすずが好きなのはあれか、下駄屋んとこの洟垂《はなた》れか」

「庄吉《しょうきつ》ちゃんは洟垂れとちがわい。洟垂れはおっちゃんさ」

「うほっ、こいつは一本とられた」

庄吉という腕白坊主の父親次郎吉《じろきち》は、長年やもめ暮らしをおくっていたが、一年半ほどまえ、おかめという太った身投げ女を救い、いっしょになった。

おかめはもともと大きな米問屋の娘で、嫁ぎ先の貧乏旗本に虐《いじ》められ、持参金をせしめられたあげくに家から追いだされた。いわゆる「女房食い」の餌食《えじき》になったのだが、悲惨な事情を知った三左衛門とおまつが助け舟を出し、悪党どもを懲《こ》らしめてやった。

爾来《じらい》、近所付きあいがつづいている。

優しいおかめに、庄吉はよく懐いていた。

「おすず、庄吉ちゃんのおっかさんからお餅《もち》を貰っといで」

「はあい」

おすずは漬け菜と交換に、亥《い》の子《こ》餅を貰ってくる。

神無月最初の亥の日、武家では無病息災と子孫繁栄を願って玄猪《げんちょ》の祝いを催し、亥ノ刻にはかならず亥の子餅というものを食べた。

材料は大豆《だいず》、小豆《あずき》、胡麻《ごま》、栗、柿など、手間の掛かる代物だけに牡丹餅《ぼたもち》で代用することも多いが、おかめは追いだされた嫁ぎ先の習慣にしたがい、亥の子餅をこしらえる。これがなかなか好評で、長屋じゅうから引っぱりだこなのだ。

「おかめさんの従妹《いとこ》で二十一の娘さんがいらしてねえ。誰か良いひとはいないかと、それとなく頼まれているんですよ」

「ふうん」

「おかめさん、実家とはきっぱり縁を切ったけれど、生来が面倒見の良いおひとだから頼ってくるご親戚もあるんですよ。その娘さん、茶道の大御所でいらっしゃる山本遊白《やまもとゆうはく》先生のお弟子さんでね、たいそうな別嬪《べっぴん》らしい」

「おかめの贔屓目《ひいきめ》ということもある」

「それはともかく、このおはなし、八丁堀の旦那にどうかとおもってね」

「おう、それはちょうどよい」

「どうして」

「じつは、半四郎どのに出世話が舞いこんでな」

定廻りの八尾半四郎は、奉行直属の用部屋手付同心にならぬかと、年番方《ねんばんかた》与力から内々に打診されていた。南町奉行の筒井紀伊守政憲《つついきいのかみまさのり》は切れ者と評判の人物、これはやり甲斐《がい》があると乗り気でいたところ、紀伊守から呼びだされて直々《じきじき》に糺《ただ》された。

「二十七にもなって、なぜ所帯をもたぬ。もしや、おなごが嫌いなのかと真顔で訊かれ、周囲の失笑を買ったそうだ」

「それなら、善は急げだね」

おまつは瞳をかがやかせ、おすずの背中を追いかけた。

さっそく、おかめと見合いの段取りを打ちあわせるつもりなのだ。

半四郎に告げる役目はこの際、伯父の半兵衛に頼んでみてもよい。

おまつは半兵衛に頼まれ、一年余りも半四郎の相手探しをしている。

実際、何件か縁談をもちこんではみたものの、成就《じょうじゅ》したためしがなかった。

薄給の同心風情とはいえ、定廻りは何かと役得がある。しかも、半四郎は六尺豊かな偉丈夫《いじょうふ》、鼻筋のとおった凜々《りり》しい風貌の持ち主だ。町屋の娘なら、伊達男《だておとこ》の八丁堀同心を放っておくはずもないのだが、とんとん拍子《びょうし》に事はすすまない。

原因の九割は半四郎にあった。

恋は苦手だ、面倒臭い、独身《ひとり》でいるほうが気楽だなどとうそぶき、真剣に相手の顔をみようともしない。あげくには見合いの席で屁《ひ》を放り、年頃の娘を泣かせたこともあった。

狂歌号に「屁尾酢河岸」と付けただけあって、半四郎の屁は格別に臭い。

本人の申すには、麴町《こうじまち》の平川町《ひらかわちょう》あたりに馴染《なじ》みの『ももんじ屋』があり、猪《いのしし》だの鹿《しか》だのといった獣肉《けものにく》を好んで食するせいだろうとのことである。なにはともあれ、屁だけは自重せよと、半兵衛に釘を刺してもらわねばなるまい。

三左衛門は洟水を啜りながら、ひとりでにやついた。

このたびの見合いは、何となくうまくいきそうな気がしたのだ。

二

伯父である半兵衛の押しが利いたのか、半四郎は見合いを承諾した。そればかりか「これは渡りに船」とひとりごち、山本遊白の数寄屋《すきや》にて見合い相手の娘が点《た》てた茶を所望したいなどと、図々しい要求までつきつけてきた。それならと、おまつも意地になり、おかめを介して従妹に逢い、わざわざ、従妹本人に口を利いてもらって遊白の許可をとりつけた。

三左衛門は半四郎に付きあってほしいと請われ、ぽかぽかした小春日和《こはるびより》の一日、おまつともども霊岸島《れいがんじま》の遊白邸へ足をむけた。

上亥の炉開きは茶人正月とも呼ばれ、数寄者は新しい茶壺の目張りを切る口切《くちきり》の茶会を催す。

すでに口切の茶会は済んだが、茶人にとってこの時期は何かと忙《せわ》しない。それでも、遊白が渋面もみせずに首肯《しゅこう》した理由は、従妹の実家である搗《つ》き米屋からなにがしかの実入りがあったからだ。

「八尾さま、ここまでやらせといて破談にしたら、ただじゃおきませんよ」

おまつに念を押されても、半四郎はあたまを掻くばかりで明確な意思表示をしない。

何か裏があるのかなと、三左衛門はおもった。

霊岸島の新川《しんかわ》沿いには、大きな酒蔵が建ちならんでいた。

神無月は新酒を醸造する醸成月《かもなしづき》、河岸を歩んでいるだけでも唾がたまってくる。

「抹茶《まっちゃ》より酒のほうがよいな」

と口走った途端、三左衛門はおまつに睨《にら》まれた。

約束の八つ刻（午後二時）はちかい。

遊白邸は河岸をはずれた銀町《しろがねちょう》寄り、薬師堂《やくしどう》のそばにあった。

唐破風《からはふ》の門に築地塀《ついじべい》、大身の旗本屋敷にくらべても見劣りしない堂々とした構えだ。

「何やら気後《きおく》れがする」

ぼそっとこぼす半四郎の背中を、おまつが押した。

門番に案内されて玄関へたどりつくと、板間に太った女が待ちかまえている。

おかめであった。

平常《ふだん》は七輪《しちりん》で鰯《いわし》を焼いている下駄職人の女房が、余所行《よそゆ》きの留袖《とめそで》を纏《まと》っているせいか、料理茶屋や置屋を仕切る女将《おかみ》のようにみえる。

「お履きものをそちらへ。わたくしがお数寄屋へご案内申しあげます」

などと「のて詞《ことば》」で傅《かしず》かれ、三左衛門は面食らった。

これも、おまつが仕込んだ演出のひとつなのだろう。

四人は長い廊下をすすみ、雪駄《せった》を履いて中庭へ下りた。

飛び石伝いに中門を抜け、枯《か》れ寂《さ》びた簀戸門《すどもん》を通りすぎ、砂雪隠《すなせっちん》のある待合いでしばし待たされる。

「ではどうぞ。雪乃《ゆきの》の仕度ができましたようなので」

おかめのお呼びが掛かった。

——雪乃。

という従妹の名を、三左衛門はこのときまで失念していた。

織部燈籠《おりべどうろう》を眺めながら萱門《かやもん》をくぐり、蹲踞《つくばい》の水で手を洗う。

正面に遊白の数寄屋があった。

扁額《へんがく》には「無常庵」とある。

「では、わたくしはこれで」

おかめは会釈し、待合いに消えた。

半四郎、おまつにつづき、三左衛門も躙口《にじりぐち》へ身を差しいれる。

茶葉の香が仄《ほの》かにした。

四畳半の間取りは利休《りきゅう》好みの又隠《ゆういん》、左手が水屋《みずや》へつづく茶道口、右手が客畳、正面の床の間には軸が掛かっている。軸は蕭条《しょうじょう》たる枯れ野を描いた水墨画で、床柱の一輪挿《いちりんざ》しには紅葉がいけてあった。

二方向に下地窓《したじまど》が穿《うが》たれているものの、採光はごく少量に抑えられている。

主人はおらず、鶴首《つるくび》の茶釜だけが湯気を立てていた。

囁《ささや》きすら拒む厳粛な雰囲気に、息が詰まりそうだ。

「屁を放ったら、まずかろうな」

半四郎はひとりごち、ぷっと笑った。

笑い事ではない。又隠で屁を放る者など、磔《はりつけ》にしても足りぬ。

前触れもなく、茶道口が開いた。

はっとして、息を呑む。

雪乃が、音もなくあらわれた。

――ほう、これは美しい。

三左衛門は胸の裡《うち》で感嘆した。

武家風の奴島田《やっこしまだ》に控えめな櫛笄《くしこうがい》、目鼻立ちはくっきりしており、肌は透きとおるように白い。振袖は岩井茶《いわいちゃ》の地に花喰鳥《はなくいどり》の吉祥文《きっしょうもん》、黒繻子《くろじゅす》の帯には熨斗文《のしもん》が刺繡《ししゅう》されていた。

じつに優雅な立ち姿である。

纏う衣装の豪華さは、見合いに賭ける女の意気込みを物語っている。
雪乃は、隙のない物腰で点前畳《てまえだたみ》に膝をたたんだ。
「ようこそおいでになられました」
三つ指をついた仕種がまた堂に入っている。
脅《おび》えもなければ媚《こ》びもない。自然体のまま、相手を惹《ひ》きこむ術《すべ》を会得しているのだ。
ちらりと半四郎をみやれば、案の定、鼻のしたを伸ばしている。
雪乃は茶釜の蓋《ふた》を取り、茶柄杓《ちゃびしゃく》で器用に湯を掬《すく》った。
白い湯気に湿った頬が、心なしか紅色に染まっている。
雪乃は茶杓の櫂先《かいさき》に抹茶を盛った。
温めた天目茶碗《てんもくぢゃわん》に分けて湯を注ぐ。
茶筅《ちゃせん》を巧みに振り、さくさくと泡立てる。
半四郎の膝前へ、すっと天目が置かれた。
作法に則《のっと》って天目を手に取り、ひと口に呑みほす。
「けっこうなお点前」
半四郎は神妙に発し、茶碗の底を凝視《みつ》めた。

「鹿の子《かこ》天目ですな、見事な色調だ。ふむ、釉薬《うわぐすり》の変容がじつにおもしろい」

わかったふうなことを抜かし、四角い顎《あご》をくいっとあげる。

雪乃はさりげなく眼差しをはずし、蕾《つぼみ》がほころぶように咲《え》うてみせた。

「いや、ははは」

半四郎もなぜか笑い、あたまをしきりに掻いている。

どうやら、たがいに相手のことを気に入ったらしい。

おまつは満足げに胸を反らし、そっと目配せをおくってきた。

三左衛門も、雪乃の点てた茶を呑んだ。

干菓子を食べ、おまつともども紋切り型の褒《ほ》め言葉を発した。

やがて、雪乃は去り、入れ替わりに主人の遊白があらわれた。

「ようこそ、無常庵へおはこびくだされました」

媚茶《こびちゃ》の絽《ろ》を纏った五十男は、坊主頭の福々しい顔で微笑《ほほえ》んだ。

突如、半四郎の眸子《まなこ》が光った。

「遊白さんよ、ずいぶんと羽振りがよさそうじゃねえか、なあ、茶道教授ってのはそんなに儲《もう》かるのかい」

ぞんざいな物言いに驚いたのは、むしろ、三左衛門とおまつのほうである。

遊白は眉ひとつ動かさず、声も出さずに笑ってみせる。

「南町定廻りの八尾半四郎さま。お噂どおり、おもしろいお方のようだ」

「おれの噂をするやつらがいるってのか。どうせ、ろくな連中じゃあんめえ」

「はあて、ご想像にお任せしますよ。ところで仲人どの、おまつさんと申されたかな」

「は、はい」

おまつは耳まで赤くなり、蚊《か》の鳴くような返事をする。

叱責《しっせき》されるのを覚悟したのだ。

「ほほ、肩の力をお抜きなされ。どうやら、雪乃どのも仲人どのも、このたびは出しにつかわれたようじゃ。こちらのお方は、八丁堀方面の御用でみえられたらしい」

三左衛門は、舌打ちでもしたい気分になった。

半四郎の発した「渡りに船」とは、このことだったのだ。

「あんたの顔が拝めてよかったぜ。遊白さんよ、こんど寄せてもらったときは、おめえさんの点てた茶が呑みてえな」

「どうぞと申しあげたいところだが、二度とお会いすることもござりますまい」

「ふふ、どうかな」

半四郎は不敵に笑い、ぶっと屁を放った。

途轍《とてつ》もない臭さに、三左衛門は気を失いかけた。

三

おまつは高熱を発し、三日間も寝込んでしまった。

半四郎はさすがに申し訳ないとおもったのか、菓子折を手にして見舞いに訪れた。が、ろくに口も利いてもらえない。

三左衛門は半四郎に誘われ、麴町平川町三丁目のももんじ屋へ足をむけた。

星の綺麗《きれい》な晩である。

北風は身を切るようで、治りかけた風邪がぶりかえしかねない。

人影もないももんじ屋の店頭には、牙《きば》を生やした黒い猪がぶらさがっていた。

ふたりは愛想のない親爺に案内され、細長い店の奥へ陣取った。

「困った。いや、ほんとに困った」

半四郎は燗酒《かんざけ》を呷《あお》り、おなじ科白《せりふ》を繰りかえす。

「後悔先に立たず。伯父上どのもお怒りになっておられたぞ」

わざと厳しい口調で吐き、三左衛門も盃をかたむけた。

「伯父御が、そんなに怒っておられたか」

「ひとの厚意を無にするやつに十手をもつ資格なぞない。ましてや、用部屋手付同心なぞもってのほか、みずから奉行所へおもむき、年番方与力に断りを入れてやると」

「そう、仰せになられたか。いや、困った。なれど浅間さん、おれはこのたびの縁談を断る気はない」

「ほう、雪乃どのが気に入ったと」

「気に入った。背筋のぴっと伸びたおなごだ。が、ちと気になるのは、隙のない物腰と情感を抑えたあの面構え、茶道というよりはむしろ、武道の心得があるかのような」

「それが、あるのですよ」

「え」

「長刀《なぎなた》をとらせれば男どもを寄せつけず、弓術にいたっては免許皆伝の腕前、三十間さきにぶらさがった柿をも射抜く技倆《ぎりよう》の持ち主とか」

「まことかよ」

「強い女はお嫌いか」

「いや、そうでもない。なにやら、事情がありそうだな」

「ええ。おまつは見合いのあと、おはなしするつもりだったと申しておりましたよ。事前に雪乃どのの事情を吹きこめば、たいていの男は逃げだしますからな、はは」

「事情ってのを教えてくださいさい」

「なれば」

おまつがおかめに聞いた内容によると、雪乃はとある道場主の一人娘で、武芸指南の別式女《べつしきめ》として雄藩の奥向きへ通っていたこともあった。ところが、成人してから、搗き米屋の養女になったという。養女なので、おかめと血の繋《つな》がりはない。

事情はこうだ。

道場に門弟があつまらず、実父は高利貸しから資金を借りてやりくりしていたものの、ついに首がまわらなくなった。借金のかたに金目のものをすべて奪われ、道場の看板を踏みつけられたあげく、雪乃も苦界《くがい》へ売られかけた。

「そこへ救いの手を差しのべたのが、かねてより親交のあった搗き米屋の夫婦だったというわけです」

おかめの縁者でもある人の良い夫婦は道場主に痛く同情し、雪乃を養女にする条件で借金の肩代わりを申しでた。

「女武芸者が商人の娘になったというわけですか」

「娘になると同時に長刀と弓を捨て、茶と花を習いはじめた」

「八丁堀の女房には、いらぬものばかりだな」

「無論、養父母は婿が欲しかったのでしょう。なれど、雪乃どのの事情を知ったうえで婿に来てくれる殊勝者はあらわれなかった。そうこうしているうちに婚期は過ぎてゆく。どうせなら、不浄役人のもとへでも嫁げばよかろうと、なかば投げやりに考えていたところへ、おまつが縁談をもちこんだ」

「おれは、どうせなら、という程度の男だったのか」

「怒る資格はありませんよ。雪乃どのはえらく傷つき、あの日以来、家に閉じこもったきりとか」

「それはまずいな」

「悔しさに耐えかね日がな一日、封印したはずの長刀を振りまわしておるやに聞いておりますよ」

「恐い恐い。別式女をつとめたほどのおなごなら、芯の強さは天下一品でしょう

さではない」

「そりゃそうでしょう。どっちにしろ、いちど捻《ねじ》れた糸を解くのは並大抵の難し

ねえ」

「何とかならぬものかなあ」

半四郎は盃からぐい呑みに換え、置き注ぎで呑みはじめた。

そこへ、胡麻塩頭《ごましおあたま》の親爺が平皿に肉を盛ってはこんでくる。

「ほうら来た」

猪の肉を特製の醬油《したじ》を張った鉄鍋で、牛蒡《ごぼう》や蒟蒻《こんにゃく》などといっしょに煮るのだ。

「食いますか、牡丹を食えば風邪も吹っ飛ぶ」

脂身の付いた真っ赤な肉を、半四郎は箸で掬《すく》った。

猪の肉は、煮れば煮るほど柔らかくなる。

勧《すす》められるがままに、ひと切れ頰張った。

「美味《うま》い」

「でしょう」

三左衛門は獣肉を食べ馴れていない。

心ノ臓が不規則な鼓動《こどう》を打ちはじめた。

毛穴がひらき、やたらに汗が出てくる。

ひと息ついたところで、半四郎がおもむろに口をひらいた。

「ところで、なぜ遊白に目をつけたのか、知りたくはありませんか」

「それそれ、肝心なことを忘れるところだ」

半月前、新川沿いにある酒問屋『伊丹屋《いたみや》』の内儀《おかみ》が殺された。

場所は永代橋《えいたいばし》東詰の広小路、往来のまんなかで心ノ臓を突かれて死んだのである。

「千枚通しのようなもので、ぶすっと背中からひと突き」

夕暮れで人通りもけっこうあったのに、目撃した者はひとりもいなかった。

物盗《ものと》りの仕業《しわざ》にしては、殺しの手口が鮮やかすぎる。確実に命を奪うべく、何者かが刺客《しかく》を雇ってやらせたのだろうと、半四郎は疑った。

「殺された内儀の懐中から、妙なものがみつかりましてね」

「ほう、どのような」

「金の茶杓です。切止めのちかくに星梅鉢《ほしうめばち》の家紋が彫られていた」

「星梅鉢といえば、加賀前田家《かがまえだけ》ですか」

「ええ、宗家《そうけ》のお殿様より金の茶杓を下賜《かし》された数寄者を調べてみたところ、浮かんできたのはただひとり」

「山本遊白」

「ご明察。遊白は元御数寄屋坊主《おすきやぼうず》でしてね、千代田のお城に詰めていたころは遊《ゆう》阿弥《あみ》と名乗っていた。遊阿弥のころから、加賀藩とは懇意な間柄でした」

遊白は御数寄屋衆の組頭までつとめたが、組頭といえども役高は四十俵しかない。ただし、御数寄屋衆は幕閣重臣や御三家《ごさんけ》御三卿《ごさんきょう》の殿様たちなどに茶を点ずる機会がままあるため、諸藩としては気を遣わねばならない相手だった。

当然ながら、役得は多い。季節ごとの贈答品はあたりまえ、大名屋敷に招かれて茶を点てては過分な金品を貰いうけ、贅沢《ぜいたく》な暮らしを享受することができた。付きあう相手が百万石の加賀藩ともなれば、月並みな待遇であるはずがない。

遊白の豪壮な邸宅をみれば、役得がどれほどのものであったかは如実《にょじつ》にわかる。

「殺された内儀は遊白の弟子です。がらくた同然の茶器を法外な値でいくつも買わされておりましてね、旦那から三行半《みくだりはん》を書かれる寸前までいった。それでも、遊白に買ってくれと言われれば断ることもできず、帳場からそっと金をもちだしたことすらあったとか。そのへんは伊丹屋の番頭が内緒で教えてくれましたよ。内儀はたぶん騙されていたんだとね。もちろん、ただで騙される女はいない。内儀も見返りをもとめていた。つまり、遊白とは男女の仲だったにちげえねえんだ」

金の切れ目が縁の切れ目、もはやこれ以上、金を搾《しぼ》りとれぬと踏んだ途端、内儀のことが鬱陶《うっとう》しくなった。

「邪魔者は消せ」

遊白が刺客を雇い、内儀を殺害させたのではないかと、半四郎は推察する。

「きっと、そうにちげえねえ」

とはいえ、確たる証拠を握らないかぎり縄を打つわけにもいかぬ。

ひと筋縄ではいかない相手だけに、ここは慎重にならねばと構えていたところ、おまつから「渡りに船」の縁談がもちこまれた。それならひとつ戦術を変え、こちらから揺さぶりを掛けてやろうと、半四郎は考えたのだ。

「それで屁を」

「臭かったでしょ。ありゃ牛蒡《ごぼう》のせいかもしれねえなあ。便通に良いからと、毎日、牛蒡を食べさせられておりましてね」

「誰に」

「母ですよ。伯父御に聞いてませんか」

「いいえ、まったく」

「勝ち気な母でしてね。あの伯父御が苦手にするくらいだから、相当なものです」

小言に辟易《へきえき》としてしまうこともあるが、幼い時分に父は病死し、母ひとり子ひとりなので離れて暮らすわけにもゆかぬ。

「それこそ、別式女をつとめたほどのおなごでなければ、あの母とは張りあえぬでしょうなあ」

半四郎にも半四郎の事情がある。

おまつは知ってか知らずか、姑《しゅうとめ》になる母親を話題にしたことはなかった。

「そういえば半四郎どの、ひとつおもいだしたことがある。雪乃どのが別式女として招じられた雄藩とは、加賀前田家です」

「それは奇遇。やはり、よほどの縁があるとみえる、ふははは」

半四郎は屈託なく笑うが、雪乃とのことは容易に進展しそうもない。

酒問屋の内儀殺しも真相を暴くのは難しそうだなと、三左衛門はおもった。

四

――ぎょっ、ぎょっ、ぎょっ。

落葉松《からまつ》の梢《こずえ》から、風変わりな鳴き声が聞こえてきた。

「交喙《いすか》の嘴《はし》の食いちがいじゃな」

半四郎はおまつの助言を受けいれ、直に詫びを入れに溜池下《ためいけした》の搗き米屋へ足をむけた。だが、雪乃は逢ってもくれず、養父母も縁談はなかったことにしてくれの一点張り、そう出られたらなおさら意地になってしまうのが、半四郎の欠点でもあり美点でもあった。

いずれにしろ、ふたりの仲は交喙の嘴のように嚙みあわない。

「ふふ、箇単にいかぬのが男女の仲よ」

楽しそうに笑うのは、半四郎の伯父半兵衛である。

三左衛門は報告がてら、下谷同朋町の屋敷を訪れていた。

時節の手土産《てみやげ》は辻番《つじばん》のまる焼き、焼き芋ときまっている。

おつやの好物なのだ。

陽の高いうちから、三左衛門と半兵衛は縁側で酒を酌《く》みかわしている。

満天星《どうだん》の垣根は真っ赤に色づき、まるで燃えているかのようだ。

「金の茶杓と言うたな」

「え」

「殺された内儀が携《たずさ》えておったのじゃろう」

「はあ、金といっても金箔《きんぱく》を貼った代物だそうです。漆《うるし》に金箔を埋める沈金《ちんきん》の技法がほどこされておったとか」

「なるほど、沈金は輪島《わじま》の塗師《ぬし》にしかできぬ技じゃ。言ってみれば加賀藩なればこその金細工、茶杓は名誉の品じゃな」

「名誉の品」

「それだけの茶杓を下賜されるということは、遊白なる茶坊主、よほど重宝がられておったに相違ない」

千代田城内で見聞した内容をつまびらかに報告し、過分な対価を得ていたのだろうか。

なにせ相手は百万石、一万石の小藩と付きあうのとはわけがちがう。

半兵衛はくっと盃を干し、眸子をほそめた。

「遊白にしてみれば金の茶杓は家宝も同然のはず。それを酒問屋の内儀が携えておった。なぜであろうな」

「さあ」

「半四郎の読みは」

「内儀が腹いせに盗んだ。盗んだがゆえに殺されたのかもしれぬと」

「浅いな。それほどだいじな茶杓なら、是が非でも取りもどそうとするはずじゃ。ところが、茶杓は死んだ内儀の懐中にのこされておった」

「妙ですな」

「むしろ、何者かが遊白を塡《は》めようとして仕組んだと考えるのが筋」

「なるほど」

遊白に疑惑の目をむけさせるのが狙いだとすれば、半四郎は見事に引っかかったことになる。

「されど、憶測もそこまでじゃ」

「そうですな」

煮詰まったところへ、おつやが蕎麦《そば》をはこんできた。

「ほう、新蕎麦ですか」

「さよう、鰹出汁《かつおだし》でずるっとやりながら酒を呑む。これがたまらんのよ」

「おつやどのは、逢うごとに艶《つや》めいてゆかれますな」

三左衛門がぽろっと洩《も》らすや、おつやは恥じらうように微笑んだ。

ふっくらしたからだをまるめ、滑るように奥へ消えてゆく。

その背中を目で追いつつ、半兵衛は酒を注いでくれた。

「うほほ、おぬしも世辞《せじ》が言えるようになったか」

「世辞ではありませんよ」

「おつやも女の盛りじゃからの。それに引きくらべ、わしは日毎に干涸《ひか》らびてゆくばかりじゃ」

「なにを仰《おつしや》います。とてもそうはみえませんよ」

「ふん、まあ食え」

三左衛門は新蕎麦を啜り、注がれるままに盃を干した。

「ところで、雪乃とか申す見合い相手の実父じゃが、名は何というたかの」

「楢林《ならばやし》兵庫《ひようご》どのですか」

「おう、それそれ。聞きおぼえのある名とおもうていたが、いまおもいだしたわ。御目付《おめつけ》配下の徒組《かち》におったぞ、同姓同名の男がな」

「徒目付《かちめつけ》にですか」

「さよう、生きておれば五十のなかば。武芸の得意な男でな、ことに弓術は抜きんでておった」

「弓術」

ぴんとくるものがあった。

雪乃も小笠原流《おがさわらりゅう》免許皆伝の腕前という。

「毎年、八朔《はっさく》の余興で鳥落としというものをやる。鷹場《たかば》に雀《すずめ》を放して矢で射落とすのさ」

落とした雀の数を競うのだが、直参《じきさん》でわれとおもわん者は誰彼となく参戦できる。旗本でも御家人でも誰でもよい。身分上下を問わず、真に弓の実力を競いあい、優勝者には将軍から時服《じふく》ひとかさねの褒美《ほうび》が下賜される。

「もう十有余年もむかしのことじゃが、わしも鳥落としに参じたことがあっての、そのとき褒美を手にしたのが楢林兵庫であった。聞けば、三年つづけて頂点を極めた強者《つわもの》。なるほど、他を寄せつけぬ実力のほどをまざまざとみせつけられたわ」

それほどの人物が野《や》に下り、高利貸しに借金までして道場をひらこうとするだろうか。

「赤の他人かもしれぬ。なれど、そやつが鳥落としの楢林兵庫ならば、はなしがちとこんぐらがってくる」

「ふうむ」

盃を口の手前で止め、三左衛門は唸った。

徒目付は軽輩の御家人役だが、直参の旗本や御家人を内偵する役目を負う。身分を偽《いつわ》り、狙った屋敷へ潜入したりもするので、素行の芳《かんば》しくない不良旗本などからは煙たがられ、懼《おそ》れられてもいた。

もし、同一人物なら、雪乃の素姓に関しても鵜《う》呑みにできない部分が生じてこよう。楢林兵庫が何らかの密命を受け、野に下ったようにみせかけておきながら、娘を山本遊白邸へ潜入させたという憶測もできるのだ。

しかし、重大な使命を帯びた娘が、見合いなどする気になるだろうか。

そういえば、雪乃は見合いののち一時休んでいたが、ふたたび、遊白のもとへ通いはじめたらしい。半四郎があれだけの無礼をはたらけば、責任を感じて数寄屋からはなれようとするはずだが、そうした行動には出ていない。雨降って地固まるの諺《ことわざ》どおり、見合いの一件をきっかけに、遊白と雪乃の子弟関係はよりいっそう強固なものとなった。

最初から、それが狙いだったのか。

「出しにつかわれたのは、むしろ、半四郎のほうかもしれん」

だとすれば、雪乃は仲の良い従姉のおかめをも騙したことになる。

半兵衛の指摘は、うがちすぎのようにも感じられた。

ともあれ、すべては楢林兵庫が鳥落としの人物という前提での筋書きなのだ。

「半四郎はああみえても勘がよい。何処《どこ》かでそれと気づき、戦術を変える臨機応変さも心得ておる。が、ちと心配じゃ。遊白の周辺には、同心ずれが触れてはならぬような巨大な悪事が隠されておるのやもしれぬ。おぬし、それとなく助けてやってはくれぬか」

「承知しました。乗りかかった船ですからな」

落葉松の梢が揺れ、赤茶けた交喙が飛びさった。

わずかな羽風が雲を呼び、一転、空は掻き曇った。

五

それから数日は何事もなく過ぎ、季節は立冬から小雪《しょうせつ》に変わった。

露地裏には寒風が吹きぬけ、郊外の景色は落莫《らくばく》の観がある。

半四郎はすっかり元気を無くし、口数が少なくなった。

食欲すら無くしてしまったのか、薬喰《くすりぐ》いの誘いもない。

「八丁堀は恋病《こいや》みだよ」

おまつに言われなくとも、察することはできる。

霙《みぞれ》まじりの雨に打たれながら、連日、半四郎は霊岸島の遊白邸を張りこんでいた。

張りこんだからといって、遊白が尻尾《しっぽ》を出すとはかぎらない。

だいいち、内儀殺しの本星《ほんぼし》かどうかも判然としないのだ。

むしろ、半四郎には別の目的があるようにおもわれた。

雪乃である。

あいかわらず、三日に一度は溜池下から霊岸島へ通ってくる。

だが、雪乃を見掛けても、半四郎は声すら掛けられなかった。

すがたを目にした途端、石を呑んだようにからだが重くなり、息継ぎすらできなくなるのだという。

「なあ、おまつ、でかい図体をした男が情けないよな」

「それが恋病みというものさ。おや、おまえさんは経験がおありでないのかい」

ぎろっと睨まれ、墓穴を掘ったことに気づく。

三左衛門は釣り竿《ざお》を担ぎ、家から逃げだした。

むかうさきは溜池である。

たいていは神田川を渡った三味線堀《しゃみせんぼり》か、向両国の百本杭《ひゃっぽんぐい》あたりへ行くのだが、わざわざ溜池まで足を延ばすのには理由があった。搗き米屋を訪ねて雪乃に逢い、半四郎の恋情《おもい》をそれとなく伝えてやろうとおもったのだ。

「われながら、お節介な男だな」

八つ刻というのに、空はどんより曇っていた。

溜池までは猪牙《ちょき》をつかう。

川面は凍《い》てつき、風は頬を斬るほど冷たい。

疾風《はやて》のように奔《はし》る猪牙のうえでは、温石《おんじゃく》もあまり用をなさない。

これなら炬燵でまるくなっていたほうがよかったと、後悔しはじめたころ、舳《へ》先《さき》が溜池の懐中《ふところ》へ吸いこまれていった。

陸《おか》にあがり、濡れた草を踏む。

池畔《いけのはた》を歩み、桐畑の途切れた西の浅瀬に糸を垂れた。

小半刻（三十分）ほど、じっと待ちつづける。

泥のなかに潜む寒鮒《かんぶな》を狙ったが、釣れたのは野鯉《のごい》だった。

土産にあげても喜ばれないので、釣ったそばから放してやる。

「鯉を放して恋を摑むか。いや、世の中そう甘くはない」

他人の恋路に立ちいるのは、やはり、余計なお節介かもしれぬ。

三左衛門は糸を垂れ、浮きのようにぴくりとも動かずに迷いつづけた。

そして、日没がちかづいたころ、ようやく重い腰をあげた。

魚籠《びく》のなかには一尾の魚もいない。

暮れ六つを報せる捨て鐘を聞きながら、氷川明神《ひかわみようじん》の方角へむかった。

大名屋敷の海鼠塀《なまこべい》がつづく小路を抜け、神社の東にある転坂《ころびざか》をくだる。

雪乃を養女に迎えた搗き米屋は、急勾配《きゆうこうばい》の転坂で滑って転がったさきの谷町《たにまち》にあった。おまつにそれとなく探らせてみたところ、おかめも搗き米屋の夫婦も、雪乃の父が徒目付であったというはなしは聞いたこともなかった。

半兵衛の記憶にある鳥落としの人物とは、別人なのかもしれない。

それならそれでほっとする反面、一抹《いちまつ》の不安も拭いきれなかった。

おまつが搗き米屋へ謝りにいった際、気になるはなしを仕入れてきたからだ。

雪乃の実父は半年ほどまえから、行方知れずになったままだというのである。

深まる謎を解きあかしたい好奇心も手伝って、三左衛門は搗き米屋の敷居を跨《また》いだ。

主人の名は茂平《もへい》、内儀はおとみという。

おかめによれば、茂平はうっかり者のお人好しで、おとみはおっとりした女らしい。

陽も落ちたのに、店のなかは何やら立てこんでいた。

釣り竿を提げた三左衛門は、間の悪い闖入者《ちんにゅうしゃ》のようだ。

「おいでなされませ」

顔を出した手代風の男に訊ねてみると、畳替えをやっている最中という。

「大きな声では言えませんが、じつは夕刻に小火騒《ぼや》ぎがありましてね。出入りの畳職にはいってもらっております」

「ほう」

「なにせ、お上にみつかったら一大事ですから」

喋り好きの手代は声を押し殺し、煙管《きせる》の火の不始末が原因のようだと囁いた。

小火はこれがはじめてではなく、そのたびに畳を替えているというのである。

廊下のさきを覗くと、畳職人が三人ほど焦げた畳と真新しい畳を交換していた。

初老の畳職人がこちらを目敏《めざと》くみつけ、何やら意味ありげに会釈する。

そこへ、主人の茂平があらわれた。

「ほらほら、油を売っているんじゃないよ」

「へえ」

茂平に叱られ、手代は奥へ引っこんだ。

三左衛門が来意を手短に告げると、茂平は途端に眉を顰《ひそ》めた。

「縁談はなかったことにしてほしいと、再三、仲人さんにも申しあげましたよ。姪のおかめがとんだお節介を焼くものだから、こんなことになったのです」

「待ってくれ、おかめどのに責任はない。悪いのはみな、屁放《へひ》り同心のせいだ」

「噂は聞いておりますぞ。そんなに臭いのですか」

「ああ臭い。いちど嗅いでみるといい。卒倒するぞ。あれは牛蒡を食っておるせいだな」

「牛蒡をねえ」

茂平はなぜか感心し、ふと、われに返った。

「ま、なんと仰られようが、娘の気持ちは変わりますまい。それに、本日は愚妻ともども大伝馬町のべったら市に参りましたのでね、五つ刻（午後八時）を過ぎねばもどりませんよ」

「ならば致し方ない。ご主人、まあ、そう頑《かたく》なにならず、不浄役人の気持ちも汲んでやってくれ。心から反省しておってな、できればいまいちど、娘御に逢わせてもらえまいかと願っておる。わしがみたところ、百日参りでもしかねぬほどの入れこみようだぞ」

「それほどまでに」

「ふむ、おなごには滅多に心を動かされぬ男だが、こんどばかりは病に罹《かか》ったらしい」

「病に」

「恋病みだよ。恋病みは傍目八目《おかめはちもく》というてな、端でみておればよくわかる。あれはかなりの重症だ」

「雪乃には伝えておきます。なれど、あれはいちどこうと決めたら梃子《てこ》でも動かぬ性分ゆえ、のぞみは薄いとお考えください」

「さようか。ま、詮方《せんかた》あるまい」

三左衛門はついでに火事見舞いを述べ、くるっと踵《きびす》をかえした。

六

三日経った。

雪乃から心変わりの報せはない。

あいかわらず、半四郎は食事も咽喉《のど》を通らないありさまで、頰はげっそりしてしまい、目ばかりをぎらつかせている。

三左衛門は窶《やつ》れきった半四郎を、新川沿いの安酒場に誘った。

午過ぎから、氷雨がしとしと降っている。

「鬱陶しい雨だぜ」

悪態を吐く声も掠《かす》れ、生気に乏しい。

半四郎は冷や酒をたてつづけに呷り、渋い顔でまたこぼす。

「くそっ、空きっ腹に沁《し》みるぜ」

「八尾さん、牛蒡は食っておらんのかい」

「そういやあ食ってねえ。どうりで屁も出ねえわけだ、ふへへ」

力なく笑う半四郎が可哀相でもあり、情けなくも感じられる。

「それでも、雨んなかを張りこんだ成果はありましたよ」

「ほう」

成果のひとつは、遊白の茶会に招かれた客のなかに、気になる人物が混じっていたことだった。

「先手《さきて》弓頭《ゆみがしら》、鮫島隼人丞《さめじまはやとのじょう》」

「ん、聞いたことがあるぞ」

「火盗改《かとうあらため》の長官《かしら》ですよ。町奉行所《まちかた》にとってみりゃ鬱陶しい御仁でね」

「火盗改の長官が茶を嗜《たしな》んでおるのか」

「調べてみると、遊白との関わりは古い。加賀藩邸に出入りしていたころからです」

「加賀藩邸に」

「ええ」

知行持高三千石、役高千五百石、飯田町《いいだまち》に大きな拝領屋敷を構える鮫島は、火盗改の加役を賦《ふ》されるまで、加賀前田家と昵懇《じっこん》の出入旗本《でいりはたもと》であった。

出入旗本とは食客《しょっかく》のようなもので、大名同士の主立った宴席にはかならず招かれる。正規の役職ではないものの、大名の監視役として幕府から派遣されたのがそもそものはじまりだった。

一方、大名家にとっては煙たいうえに、余計な散財を強いられる相手だが、痛くもない腹をさぐられぬための担保でもある。ただ、何代も世襲されていくうちに本来の目的は薄れ、昨今の出入旗本にはたかり同然の連中も少なからず見受けられるという。

火盗改の要職に就いてから、鮫島の評判はあまり芳しくない。

誤って無実の町人に縄を打ったり、証拠を捏造《ねつぞう》したり、そうしたことが日常茶飯事《さはんじ》におこなわれるので、町奉行所も少なからず迷惑をこうむっていた。

「手柄を数多くあげて箔《はく》を付け、遠国奉行《おんごくぶぎょう》にでもなろうと狙っておるのでしょう」

遠国奉行のつぎは勘定奉行、さらには、万石大名となって寺社奉行へ昇進する。それが欲張りな大身旗本の抱く野望、出世の階段にほかならない。

半四郎は肴には手をつけず、冷や酒だけを呑みつづけた。

「それから、例の内儀が殺された伊丹屋ですが、じつはこちらも蓋を開けてみれば、加賀藩御用達《ごようたし》の酒問屋でしてね」

「なるほど、出入りの茶坊主に大身旗本、それから御用達商人と、三者を繫ぐ糸の結び目に加賀藩があるということですか」

「もうひとり、別式女として加賀藩の奥向きに通っていたおなごがいる」

「雪乃どの」

「浅間さん、何かあるとおもいませんか」

「ふうむ」

雪乃の実父は徒目付、鳥落としの楢林兵庫かもしれぬと、半兵衛は言った。

楢林は上司の目付から密命を受け、野に下ったようにみせかけておきながら、娘を遊白邸へ潜入させた。

——遊白の周辺には、同心ずれが触れてはならぬような巨大な悪事が隠されておるのやもしれぬ。

そうした半兵衛の憶測を告げるべきか否か、三左衛門は迷った。告げてしまえばかえって、半四郎の勘を鈍らせるかもしれない。

「鮫島は今月だけでも二度ほど茶会へ顔を出しています。遊白のほうも鮫島邸に足を延ばすこと一度ならず、両者は密談をかさねている節がある。いったい、何を相談しているのやら」

鮫島の野望を達成するには、莫大な資金がいる。

密談で交わされているのは、金にまつわる内容であろう。

「浅間さん、手っとりばやく金を掴む方法は三つある。金持ちを騙して金を出させるか、弱みにつけこんで威《おど》しとるか、さもなくば蔵を襲って奪いとるか」

どっちにしろ、何らかの悪事に手を染めなければ、大金は手にできない。

「もしかしたら、雪乃どのはそのあたりを調べておるのかも」

と、半四郎は遠い目でこぼす。

三左衛門は、わざと口調を荒らげた。

「見合いをぶちこわしただけでは飽きたらず、こんどは、雪乃どのを間者《かんじゃ》あつかいなさる気か」

「憶測の域を出ませんがね。そう考えねば、雪乃どのがいまだに数寄屋へ足繁《あししげ》く通う説明がつきません」

半兵衛の言ったとおり、半四郎は勘が鋭い。

どうやら、恋病みの熱に浮かされていただけではなさそうだ。

「じつは廻り髪結いの仙三をつかい、雪乃どのを尾《つ》けさせたのですよ」

「ふむ、それで」

「雪乃どのは道草もせず、麻布《あざぶ》谷町の実家へ帰っていた。ところが、たったいちどだけ、妙なところを訪ねているんです」

「妙なところ」

「畳屋です」

六本木町《ろっぽんぎちょう》の芋洗坂《いもあらいざか》にある。搗き米屋からみればやや南、さほどはなれてはいない。

「畳屋の職人で和助《わすけ》というのがいましてね、半年ほどまえから搗き米屋に出入りしはじめたとか」

「和助ねえ」

初老の畳職の顔を浮かべつつも、三左衛門は知らぬふりをした。

搗き米屋を訪ねたことは、半四郎に知られたくなかったのだ。

余計な世話を焼くなと詰《なじ》られたら、弁解のしようがない。

「雪乃どのの養父は茂平というのだが、かなりのうっかり者でしてね、煙管の不始末がもとで何度か小火を起こしている。そのたびに和助を呼び、畳を取りかえさせるのだそうです。じつは、つい三日前も小火があったらしいんだ」

「ほう」

「ところが、雪乃どのが畳屋を訪ねたのは四日前です。小火とは関わりがない。しかも、人気のない勝手裏にまわり、和助と何やら深刻そうに立ち話をしておった」

「それを仙三がみたと」

「ええ。じつは初っ端《しょぱな》に畳屋と聞いて、おれはぴんときた。酒問屋の内儀を刺した得物、そいつは畳針じゃねえかと」

「ふうむ、畳針か」

三左衛門は唸った。

搗き米屋に出入りする畳職人が、酒問屋の内儀を刺したのだろうか。

――なぜ。

殺しの動機は痴情《ちじよう》の縺《もつ》れ、本星は遊白と、以前、半四郎は推察した。

「ちがうな。もっと深え事情《わけ》がありそうだ」

とは言っても、半四郎は遊白と鮫島の関わりをあらうだけで手一杯だろう。

「八尾さん、畳屋はわしのほうで当たってみよう」

三左衛門は、ぽんと胸を叩いた。

半四郎は頷きもせず、酒を嘗《な》めながら考え事をしている。

複雑に絡みあった糸は、どうにも解けそうにない。

七

夕刻、雨は熄《や》んだ。

鉄砲洲稲荷の船着場で猪牙《ちよき》を拾い、京橋川《きようばしがわ》を遡上《そじよう》して外濠、溜池へとむかう。

六本木町までは、芝の金杉《かなすぎ》から新堀川《しんぼりがわ》を遡上したほうが近い。だが、波の高い江戸湾を突っきらねばならず、船頭も嫌がるのでやめにした。

芋洗坂へたどりついたころには、あたりはとっぷり暮れていた。

畳屋を訪ねてはみたものの、若い者が応対にあらわれ、和助は留守だという。詮方なく、谷町の搗き米屋へ足をむけてみたが、どうしても敷居を跨ぐことはできなかった。

お節介を焼くにしても、一度きりと決めている。

執拗《しつよう》さはかえって仇《あだ》になると、おまつにも聞いたことがあった。

日本橋への帰路は、溜池から猪牙に乗ることにした。

時折、風が吹くと、群雲《むらくも》の狭間《はざま》から月が顔をのぞかせる。

三左衛門は提灯《ちょうちん》を手に桐畑を歩み、池畔の船着場へむかった。

人影はない。

泥濘《でいねい》の窪《くぼ》みを避けるべく、裾を摘んで軽く跳ねた。

刹那《せつな》、びんと弦音《つるおと》が響いた。

——ひゅるるる。

矢が鼻面を掠め、真横に佇《たたず》む桐の幹に突きたった。

三左衛門は尻餅をつき、着物を汚してしまった。

八間ほどさきの木陰で、提灯が揺れている。

「よくぞ躱《かわ》したな」

重厚な声がきこえてきた。

さあっと雲が切れ、星影が男の輪郭をあらわにする。

「おぬし、畳屋か」

「さよう」

搗き米屋で会釈をした初老の男が、口端を吊りあげて薄く笑った。

つんつるてんの筒袖に股引、どう眺めても畳職人だが、二尺余りの刀を一本だけ帯に差し、右手には楊弓場《ようきゆうじよう》に置いてあるような三尺足らずの短い弓を提げている。腰にぶらさげた靫《うつぼ》には、九寸の矢が数本入れてあった。

「何のまねだ」

三左衛門は、泥だらけの恰好で怒鳴った。

「ふん、こっちが聞きたい。おぬしは何者だ」

「十分一屋《じゆうぶいちや》のつれあいさ」

「わかっておる。上州浪人浅間三左衛門、日本橋堀江町甚五郎長屋《じんごろうながや》まつ方、罷《まかり》在候《ありそうろう》……人別帳《にんべつちよう》にはそうあったがな、知りたいのは裏の顔よ」

「裏の顔なぞないわ」

「嘘を吐くな。わしの放つ矢は、空を飛ぶ雀すらも避けられぬと言われておる。

それを易々と避けるとは、おぬし、ただ者ではあるまい」

「空を飛ぶ雀……あんた、やっぱり鳥落としの楢林兵庫なのか」

「ほほう、鳥落としのことまで知っておるとはな。おぬし、御庭番《おにわばん》か、それとも、火盗改の密偵《いぬ》か」

「だから、裏の顔なぞないと言うておる」

「ならばなぜ、わしらに構う。雪乃のみならず、なぜ、わしの周囲まで嗅ぎまわろうとするのだ」

「あんたのことはさておき、雪乃どのには八尾半四郎の気持ちを伝えたかっただけさ」

「知恵の足りぬ定廻りの気持ちか。そんなものは犬にでも食われちまえばよい」

「ずいぶんな物言いだな。ところで、あんたはなぜ、畳屋なんぞに化けておる」

「わしのことはどうでもよい。おぬしの素姓を聞いておる。さあ吐け。吐かねば射殺す。二番矢は躱せぬぞ」

楢林らしき男は提灯の柄を口に銜《くわ》え、弓を構えるや、素早く矢を番《つが》えた。

「無駄だ。何本放っても当たらぬ」

「なにを」

「矢筋は見切った」

「どうかな」

びんと弦音が響いた瞬間、三左衛門は小太刀を抜いた。

禍々《まがまが》しい風切音とともに、矢の先端が鼻面へ迫る。

「やっ」

一閃、三左衛門は矢を薙《な》ぎはらった。

「うぬっ」

楢林は咄嗟《とっさ》に三番矢を番える。

三左衛門は地を蹴った。

――ひゅるるる。

矢が一直線に飛んでくる。

「たっ」

これを駈けながら叩きおとし、低い姿勢でなおも駈ける。

「くっ」

楢林は弓を捨て、腰の刀を抜きはなった。

が、遅い。

やにわに籠手《こて》を打たれ、刀を落とした。

「う……うう」

激痛に顔を歪《ゆが》めながら、楢林は片膝を折った。

顔をあげれば、三左衛門が見下ろしている。

ゆったりと、小太刀をおさめるところだ。

「な……なぜ、斬らぬ」

「斬る必要がないからさ」

「おぬし、味方なのか」

「敵でも味方でもない。主命で動いているわけではないからな。どっちにしろ、あんたは斬らぬ。斬らぬかわりに事情を知りたい。半分は朋友のため、半分は好奇心から。教えてくれた内容はこの胸のみにとどめておく。他言はせぬ。天地神明に誓って約束する……どうであろうな、信じてくれぬか」

「おぬしを信じて、何の得がある」

「はて」

「わしが死んだら、雪乃を守ってくれるか」

「え」

「はは、困った顔をするな。戯《ざ》れ言《ごと》さ」

「いいや、そいつはあんたの本心だな。主命に生き、主命に死す。などと、いくら恰好の良いことを抜かしても、娘のことが可愛くてたまらぬのだ。そうでない父親なぞ、この世の何処をさがしてもおらぬ」

「おぬしにも娘がおったな」

「ああ、血は繫がっておらぬが、命に代えてもいいとおもっている」

「そうか」

しばしの沈黙ののち、楢林兵庫は訥々《とつとつ》と語りはじめた。

やはり、楢林は目付の密命を受け、これを遂行《すいこう》するために身分を変えた。

「四年前のはなしだ」

野に下って道場主となったことも、娘の雪乃を別式女として加賀藩邸へおくりこんだことも「すべてはお役目のため」と、楢林は語った。

「われらは抜け荷の一味を追っていた。唐渡《からわた》りの薬種、南蛮渡来《なんばんとらい》の宝飾など、新酒の下る年の暮れにあわせ、高価な品々を酒樽の底に隠して上方から江戸へはこびこむ。知恵のまわる悪党どもを捕まえようと、躍起《やっき》になっていたのだ」

抜け荷の摘発は、本来、目付の管轄ではない。町奉行所の管轄だが、悪事の中心人物と目されていたのが、町奉行所の手がおよばぬ大身旗本であった。

「さよう、鮫島隼人丞だ」

鮫島は巧妙な仕掛けを考案していた。

さる雄藩の留守居役《るすいやく》を抱きこみ、息の掛かった酒問屋を御用達にさせたうえで、抜け荷の品々を堂々と藩の蔵屋敷へはこびこませていたのだ。あくまでも、品物を捌《さば》くのは鮫島家の用人たちであり、藩は蔵屋敷を貸すだけ、留守居役には黙認料として分け前が支払われる。

この方法で稼ぎだされた金額は、なんと数万両規模にもおよんだ。

もはや説くまでもなく、雄藩とは加賀前田家、御用達になった酒問屋とは伊丹屋のことである。

「雪乃を加賀藩御上屋敷の奥向きへおくりこみ、探索によって悪事の大筋は判明した。いよいよ、あとは証拠固めと勇んでおったところへ、とんだ邪魔がはいった」

上役から、突如、探索取りやめの指示が下された。

徒目付の差配役は目付、目付の差配役は若年寄である。

調べてみると、ある人物が若年寄に圧力をかけていたのだ。

「奥右筆組頭《おくゆうひつくみがしら》、森口幸太夫《もりぐちこうだゆう》」

名を出されても、三左衛門にはあずかりしらぬ雲上のはなしだ。

森口なる奥右筆はつねのように将軍家斉《いえなり》のそばに侍《はべ》り、何かと頼りにされ、数年前から権勢を恣《ほしいまま》にしている人物とのことだった。

「森口には加賀藩から法外な賄賂《まいない》がおくられた。その橋渡し役を如才《じょさい》なく果たしたのが御数寄屋坊主の遊阿弥、山本遊白だ」

「なるほど、これでようやく役者が揃ったというわけだな」

「ただし、それらは二年前までのはなし。鮫島も遊白も表向きは加賀藩と関わりがなくなった。無論、裏では繋がっている。留守居役は健在だし、伊丹屋も御用達のままだ」

「よくぞ、そこまで教えてくれたな」

「ふっ、もはや秘匿する義理もない」

楢林は自嘲《じちょう》し、寂しげに顔を曇らせる。

当時の目付は遠国奉行となり、若年寄は老中に昇進した。

「徒目付はいちど野に下れば捨てられたも同然、雀の涙ほどの捨て扶持《ぶち》で生かされているにすぎぬ。いま、われら父娘は命によって動いておるのではない。意地だ、徒目付の意地で動いておる。どうしても赦《ゆる》すことができぬのだ。のうのうと生きながらえておる悪党どもがな」

火盗改となった鮫島隼人丞、鮫島の知恵袋でもある山本遊白、悪事の片棒を担いで資産を肥らせた伊丹屋荘右衛門《そうえもん》、何としてでも、この三人を縛《ばく》につかせなければならない。

「そのための動かぬ証拠が欲しかった」

臥薪嘗胆《がしんしょうたん》のときを経て、ようやく、抜け荷の詳細が記された裏帳簿のことを嗅ぎつけたのだと、楢林兵庫は吐きすてた。

「遊白の手にあるのか」

「さよう、雪乃に狙わせておるのはそれよ」

「ふうむ」

「目的のためには手段を選ばず。わしもえげつないことをやってきた。心苦しいのは、人の良い茂平夫婦を騙したことだ。雪乃も気に病んでおる。されどな、遊白にちかづく手段はほかになかった」

道場主であろうが、畳職人であろうが、徒目付は変幻自在になりすますことができる。楢林にとって人相風体を化えることは、さして難しいことではない。

茂平夫婦はまんまと騙された。道場主と畳職人が同一人物であることを見抜けなかったのだ。

「しかも、渡りに船の縁談が舞いこんできた。いかに疑り深い遊白でも、誰かの嫁になろうという女を怪しむまい。そう考えたのだ。相手は八尾半四郎なる定廻り、こればかりは偶然の為せる業《わざ》だ。数寄屋で見合いをやりたいという申し出も、ああしたかたちで見合いをぶちこわしてくれたのもみな偶然、こちらの勘定にはなかった」

おかげで雪乃は遊白の信頼を得、いまや、核心にちかづきつつある。

「ふふ、八尾半四郎か。調べさせてもらったぞ。なるほど、有能な定廻りだ。直情径行のきらいはあるが、正義感は人一倍強い」

「あれは純情で良い男だ。あんたにとっては捨て駒かもしれんがな、雪乃どのに本気で惚れておる」

「雪乃は帯解きも済ませぬうちに、母を労咳《ろうがい》で亡くした。爾来《じらい》、わしにすら心を開かぬ。ひょいと横丁からあらわれた定廻りに、はたして心を動かされるかどうか」

「ひとつ聞きたい。伊丹屋の内儀を殺《や》ったのは、あんたか」

「ん、それか……さよう、内儀はおりくといってな、伊丹屋荘右衛門のもとで裏帳簿を付けていた張本人だ。物欲をかためると、あの女になる。だからといって、殺《あや》める気はさらさらなかったが、あの女、生得《せいとく》の勘の良さで雪乃に疑惑の目をむけはじめた」

半四郎の読みどおり、おりくは遊白と深い仲になっていた。

雪乃が遊白の気を惹いたところが、どうやら癪《しゃく》に障《さわ》ったらしい。

女の勘は恐い。嫉妬《しっと》が疑惑に転じるまで、さほどの時は掛からなかったと、楢林は溜息を吐く。

「畳針で殺ったのだな」

「ああ、いちばん楽に死なせられる方法だ」

「金の茶杓は」

「あれは遊白が前田宗家のお殿様から下賜された名誉の品。雪乃に盗ませ、わざとおりくの遺骸にしのばせたのだ」

「なぜ」

「町奉行所の目をむけさせるためさ。裏帳簿がみつからぬときは、殺しの下手人《げしゅにん》としてあげてもらう腹でやった」

「姑息《こそく》な」

「なんとでも言え、われら父娘は孤立無援《こりつむえん》、必死なのだ」

おりくという内儀がいかなる悪女であれ、半四郎は殺しの本星を赦すまい。

この一件もふくめて、すべての内容は誰にも口外しないと、楢林には約束した。

天地神明に誓った以上、約束を破ることはできない。

ただ、事の真相を知ったからといって、三左衛門に手助けしてやれることは何ひとつなかった。

――わしが死んだら、雪乃を守ってくれるか。

楢林の吐いた科白《せりふ》だけが、心に重く響いていた。

八

半四郎はいつのまにか、用部屋手付同心になっていた。

それを教えてくれたのは、御用聞きの仙三だった。

奉行直属の配下になった途端、半四郎のあけっぴろげな性分は鳴りをひそめてしまった。

おおかた、隠密行動を余儀なくされる場面が増えたのだろう。

伊丹屋の内儀殺しについても、山本遊白と鮫島隼人丞の密談内容についても、半四郎は何ひとつ喋らなくなった。雪乃への未練だけは断ちきれぬようであったが、それとなく様子を窺《うかが》おうとすると、介入を避けるような素振りさえしてみせる。すこし寂しい気もするが、抛《ほう》っておくしかなかった。

神無月二十日は恵比須講《えびすこう》である。

八百万《やおよろず》の神が出雲《いずも》に去ったあと、江戸の留守を守るのが恵比須さまというわけで、商家では千両箱にみたてた空箱を堆《うずたか》く積んで恵比須像を飾り、大勢の知りあいを招いて商売繁盛を祈願する。

おまつは椀に飯を高く盛り、神棚に供えた。

「あたしも商売人の端くれだからね。このくらいのことはしておかないと」

おすずともども、三人で景気良く柏手《かしわで》を打つ。

「八丁堀の恋病みが癒《い》えますようにって、おすず、ついでに祈ってあげたかい」

「おもいもしなかったよ、おっかさん」

「だったら、何を祈ったんだい」

「庄吉ちゃんのお嫁さんになれますようにって」

「自分のことだけお願いしても、恵比須さまは聞きとどけてくれないんだよ」

「それなら、八丁堀の恋病みが癒えますようにって祈ったげる」

「八丁堀じゃなくて、八尾さまとお言い」

「だって、おっかさんが言ったんじゃないか」

生意気盛りの娘と勝ち気な母の掛けあいは、いつまでも終わりそうにない。

雨あがりの翌日、空はよく晴れているが、雨の匂いはまだのこっている。

肥えたおかめが駆けこんできたのは、巳《み》ノ刻（午前十時）を過ぎたころだ。

「谷町の搗き米屋が燃えました」

と、蒼褪《あおざ》めた顔で苦しげに訴えた。

「明け方のことです」

茂平夫婦は命からがら逃げのびたが、家は丸焼けになった。

幸いにも風がなく、隣近所への延焼は免れたらしい。

「それは災難だったねえ。何と申しあげてよいのやら」

「ついせんだっても小火がありましてね。そそっかしい叔父なものですから。でも」

おかめは顔を曇らせる。

「こんどばかりは叔父のせいじゃなかった。火付けだったらしいんです」

「はい、出入りの畳職で和助さんという方がいらしたんですが、その人がなんと火盗改にしょっぴかれたんだそうです」

「火付け」

「なに」

びっくりするほどの大声をあげたのは、三左衛門であった。

「おかめどの、畳屋がしょっぴかれたのはいつだ」

「さあ、はっきりとは……でも、一刻は経っておりませんでしょう」

不審な男をみたという証言にもとづき、和助こと榴林兵庫は縄を打たれた。縄を打ったのは火盗改である鮫島隼人丞の配下。だとすれば、あまりにも辻褄《つじつま》が合いすぎる。

榴林は正体を見破られ、罠《わな》に塡められたのだと、三左衛門は看破した。

肝心なことを訊かねばなるまい。

「雪乃どのは、どうなされた」

「それが、昨夜から行方知れずに」

「なにっ、なぜ、それをまっさきに言わぬ」

三左衛門はがばっと立ちあがり、腰に大小を差す。

「おまえさん、どこへ」

おまつに糺され、咄嗟に応えた。

「数寄屋だ」

雪乃は遊白邸に軟禁されていると、直感した。

鎧《よろい》の渡しで猪牙に乗れば、霊岸島までは目と鼻のさきである。

三左衛門は日本橋川を馳《は》せくだり、遊白邸の門前までやってきた。

しかし、ここからさきの策がない。

「浅間さま」

考えあぐねていると、天水桶《てんすいおけ》の陰から声が掛かった。

「おう、仙三か」

「へ、八尾の旦那に申しつけられやしてね、一晩中《よっぴて》張りこみを」

「そいつはご苦労だったな。で、八尾さんはどうした」

「火盗改の鮫島隼人丞を探っておりやしたがね、なにやら悪事の臭いがぷんぷんするってんで、とある蔵屋敷へ潜りましたよ」

「加賀藩の蔵屋敷か」

「よくご存知で」

「何処にある」

「深川は雁渡《かりわた》りの名所にありやす」

「洲崎《すざき》か」

「へい」

「こっちの様子は」

「別に」

「雪乃どのは見掛けなかったか」

「昨日、数寄屋へ通ってきましたけど、そいつは昼間のはなしで、へい、いつもどおり夕刻には帰《けえ》りやしたよ」

「ふうむ、勘がはずれたか」

遊白邸に軟禁されていないとなれば、雪乃は帰路、何処かで拐《かどわ》かされたことになる。

みずから消える理由はないからだ。

連れこまれた場所は、飯田町にある火盗改の役宅か、それとも。

さまざまにおもいめぐらせていると門が開き、焙烙頭巾《ほうろくずきん》をかぶった遊白があらわれた。

三左衛門は天水桶の陰に隠れ、じっと様子を窺う。

仙三と頷きあい、遊白の背中を尾けた。

数寄者が供人も連れずにむかったさきは、新川沿いの伊丹屋である。

「恵比須講だな」

仙三がつぶやくとおり、伊丹屋でも他の商家と同様に贔屓筋を招待し、盛大に競り売りをやっているにちがいない。恵比須講では安物の茶碗をならべて法外な値をつけ、大声で「千両」「万両」と囃《はや》したてながら、競り売りのまねをしたりするのだ。

殺された内儀との密通を知りながらも、伊丹屋荘右衛門が遊白を招いた公算は大きい。なにせ、ふたりは古いつきあい、楢林によれば悪党仲間にほかならぬからだ。

「浅間さん、こっち、こっち」

裏手にまわった仙三に手招きされ、三左衛門は駈けだした。

ふたつの影が人目を忍ぶように、湊橋《みなとばし》の船着場へ下りてゆく。

ひとりは焙烙頭巾の遊白、固太りの中年男は伊丹屋であろう。

「怪しいな」

三左衛門と仙三はそっと船着場へちかづき、小舟を拾った。

すでに、遊白と伊丹屋を乗せた小舟は川面を滑り、みよしを豊海橋《とよみばし》へむけている。

「仙三、洲崎だな」

「へい」

豊海橋を抜ければ隅田川《すみだがわ》の河口、江戸湾の縁を嘗めるように東へむかえば、諸藩の蔵屋敷があつまる深川洲崎へたどりつく。

陽光は冲天《ちゅうてん》にちかづき、遠くの漣《さざなみ》が煌《きら》めいてみえた。

ふた筋の水脈《みお》は交叉《こうさ》しながら、静かに消えていった。

九

空は急に一面、分厚い雲に覆《おお》われてしまった。

風が強い。

背には、荒寥《こうりょう》とした浜辺がある。

松林は斜めにかたむき、海風に煽《あお》られる情景がなんとも索漠《さくばく》としている。

加賀藩の蔵屋敷は、北側の堀川に面していた。

堀川を挟んで対面は木場、東端には弁財天《べんざいてん》がある。

洲崎には他藩の蔵屋敷も集積していた。蔵屋敷とは諸藩が郷里から送られた穀物などの物資を備蓄しておくところだ。

何棟かの土蔵が高い塀によって囲まれ、海寄りの南側には棟門もある。ただ、中屋敷や下屋敷とは異なり、汐入《しおいり》の庭園も母屋《おもや》もない。土蔵のほかは番士数名の詰める長屋が建っているだけ、あとは広大な空き地である。

遊白と伊丹屋は六尺棒を握った門番に目礼し、塀の内側へ消えていった。

その様子を遠望しつつ、三左衛門はふうっと溜息を吐いた。

ひょっとしたら、今宵あたり、抜け荷の品が運ばれてくるのかもしれない。

そんなふうに想像を膨らませれば、探索方になったようで気分も高揚してくる。

「仙三、八尾さんは塀のむこうにおるのか」

「へい、たぶん」

夜陰にまぎれて潜入したのだろう。

「浅間さま、どうなされます」

「夜を待たねばなるまいか」

いや、ぐずぐずしてはいられない。こうしているあいだにも、楢林父娘は消されぬともかぎらないからだ。

「堀川のほうへまわってみますか」

「そうだな」

北西端の入船町《いりふねちょう》まで歩み、船頭に大枚を払って小舟を借りた。

仙三に棹《さお》をもたせ、堀川を東へ漕《こ》ぎすすむ。

汀《みぎわ》から直立するように、蔵屋敷の塀がつづいていた。

ざっと眺めたかぎり、潜入できそうな箇所はない。

「あっ、木が植わってる」

おあつらえむきに、塀の屋根へ枝を伸ばしている。

三左衛門はしかし、首を横に振った。

「仙三、あれは柿の木だぞ」

「だから、なんです」

「柿の木は折れやすい」

「へっちゃらですよ。なあに、ささっと登って忍びこんだら潜り戸を開けます。

待っててください」

「よし、やってみろ」

三左衛門は棹を受けとり、みよしを汀へむけた。

仙三は着物の裾を端折《はしょ》り、ぽんと舟板を蹴った。

蛙《かえる》のように柿の幹にしがみつき、するする登りはじめる。

「へへ、どんなもんだい……あっ」

つぎの瞬間、荷重《かじゅう》を掛けた枝がぽきっと折れ、仙三はまっさかさまに川へ落ちた。

水飛沫《みずしぶき》が撥ねあがり、静かな川面に水音が反響する。

溺《おぼ》れかけた仙三を救いあげ、三左衛門は棹を握った。

棹の先端で塀を突き、急いではなれようとしても、舟は自在に動いてくれない。

存外に棹のあつかいは難しい。

が、幸運にも、塀の内から顔を出す番士はいなかった。

「助かったな、気づかれた様子はなさそうだ」

仙三は舳先《へさき》で膝を抱え、がたがた震えている。

「寒いか」

「こ……凍えそうでさあ」

「辛抱しろ、船着場に寄せたら火を焚《た》いてやる」

「浅間さま」

「なんだ」

「枝が折れる寸前……み、妙なものをみやした。誰かが……は、磔柱に縛られていたんです……も、もしかしたら、ありゃ……や、八尾の旦那かもしれねえ」

「あんだと」

三左衛門は棹を頭上で旋回させ、ふたたび、みよしを塀際へむけた。

こうなったら、仙三のことを構ってなどいられない。

「ぶ、ぶえっくしょい」

「阿呆、くしゃみを抑えろ」

「無理ですよ……ど、どうしなさるんで」

「柿の木を登るしかあるまい」

「でも」

「木登りには自信がある」

「だったら、最初から登ってくれりゃいいのに」

「文句を言うな。よいか、おぬしは奉行所へとってかえし、御奉行を呼んでこい」

「御奉行さまを……い、いっくらなんでも無理でさあ」

「四の五の言わずに呼んでこい。いや待て、当番の与力でもよい。従前より御奉行ご奔命《ほんめい》の抜け荷一味探索につきご注進申しあげる。敵方は悪事漏洩《ろうえい》を阻《はば》むべく、不届きにも同心一名を捕縛《ほばく》せり。ところは加賀藩御蔵屋敷内、急ぎ捕り方を差しむけくださりますようとな、よどみなく口上を述べるのだぞ」

「嘘はすぐにばれますよ。それに、捕り方は蔵屋敷んなかにゃ一歩も踏みこめねえ。どう考えたって無理でさあ」

「おぬしのせいで、八尾さんがほとけになってもよいのか」

「またあ、そいつだけは勘弁です」

「だったら行け。ここは一世一代のはなれわざをやってのける場面ぞ」

「はあ」

不満顔の仙三を舟にのこし、三左衛門は柿の木に飛びうつった。

「さあ、行け」

右手を振ってしっしっとやると、仙三は寒そうに棹を操り、徐々にはなれていく。

期待薄だが、何事もやってみなければわからない。

ともあれ、いまは敵に気づかれずに潜入することだけを考えねばなるまい。

三左衛門は柿の木のてっぺんまで登り、屋敷内をぐるりとみまわした。

土蔵のむこうには空き地がひろがり、遠くの塀越しに松林と海原も俯瞰《ふかん》できる。

「お、あれか」

索漠たる景観を背にしつつ、磔柱のようなものが佇立《ちょりつ》していた。

遠目で把握《はあく》しづらいが、どうやら、縛りつけられているのは半四郎のようである。下手を打って、番士に捕まったのだろう。

塀の内側は紛《まご》うことなく加賀藩の領内にほかならず、隠密裡《おんみつり》に潜入して捕縛されたとなれば、町奉行所の同心だろうがなんだろうが、即刻、手討ちにされても文句は言えない。

ところが、手討ちにもならず、半四郎は磔にされている。

「なぜだ」

三左衛門はしばし、柿の木のうえで考えた。

するとそこへ、七尺余りの弓を提げた女があらわれた。

「げっ、雪乃かい」

雪乃は磔柱から三十間ほどの間合いに立ち、柿色の細帯で襷掛《たすきが》けをやりはじめる。

きりっと斜《はす》に構え、半四郎を睨みつけた。

「射るのかよ」

無論、雪乃の意思ではあるまい。やらされているのだ。

恵比須講の莫迦騒ぎにかこつけ、悪党どもがとんでもない茶番をおもいついたのかもしれない。

「こうしちゃおられん」

三左衛門は慎重に枝を選び、右手をそっと伸ばした。

十

灰色の海は吼《ほ》え、幾重にも層をなす雲がどす黒く垂れこめている。

蔵屋敷の空き地には、悪党どもが勢揃いしていた。

塗りの陣笠をかぶった鮫島隼人丞、焙烙頭巾の山本遊白に鬢付油《びんつけあぶら》をてからせた伊丹屋、鮫島配下の用人数名、それから、中央の床几《しょうぎ》に座ってふんぞりかえっているのが、加賀藩留守居役の別所八郎左衛門《べっしょはちろうざえもん》にほかならない。

別所の配下たちはみな白鉢巻きに白襷を掛け、弓に矢を番えている。

狙いをさだめたさきには、雪乃が蒼白な面持ちで立っていた。

大袈裟《おおげさ》にも、悪党どもは陣幕まで張りめぐらさせ、合戦場にも似た物々しさがそこにはある。

「別所さま、いかがでござる。なかなかお目にかかれぬ余興でござりましょうが」

「ふむ、鮫島どの、おもしろい獲物が掛かったと聞いて馳せさんじてみれば、なるほど、期待にたがわぬ女狐《めぎつね》であったわ。あれにある雪乃のことなら、わしとてよう存じておる。奥向きに通う別式女のなかでは、群を抜いた技倆の持ち主での。重籐《しげとう》の弓を取らせたら海内《かいだい》一、三十間さきの柿をひと矢で射抜いた芸当は、わが殿をも唸らせたのだわ」

「別所さま、雪乃が手にしておるのは、重籐の弓にござる。与えた矢は一本、あれなる褄白《つまじろ》の矢にて不浄役人めの心ノ臓を射抜いてご覧にいれましょう。それこそが本日の余興」

「おう、その不浄役人じゃが、なんと申したかの」

「忘れました。はは、名なぞどうでもよろしい。今宵は例の品がどっさり蔵入りいたしまする。ま、言ってみればあやつは、めでたき日に神仏へ供する迷い鳥、煮ても焼いても食えそうにない面構えだが、雪乃の矢には為《な》す術《すべ》もありますまいて」

三左衛門の耳にも、疳高《かんだか》いふたりの会話は聞こえている。

柿の木をつたって塀の屋根に降り、まんまと敷地内へ忍びこんだ。

それればかりか、背恰好の似た番士を暗がりへ引きずりこみ、首筋を打って昏倒させたうえで、大胆にもその者になりすましていた。白鉢巻きを締め、六尺棒を握り、何食わぬ顔で南門の手前に立っているのである。

気づかぬ連中も間抜けだが、無理もない。みなの眼差しは弓を提げた雪乃と、大の字で磔柱に縛られた半四郎に張りついている。

半四郎は海風に煽られ、三つ紋付きの黒羽織をはためかせていた。

自慢の小銀杏《こいちょう》はくずれ、頰はげっそり瘦《こ》けおちている。もはや、覚悟を決めたかのように口を真一文字に引きしめ、眦《まなじり》を阿修羅《あしゅら》のように吊りあげていた。

まるで、罪人である。

三左衛門は憐れむあまり、半四郎を直視できない。

「別所さま、おもしろいおはなしをお聞かせいたしましょう」

口をひらいたのは、遊白だった。

「じつはあのふたり、ついせんだって、わが無常庵にて見合いをいたしました」

「ほう」

「まかりまちがえば、夫婦《みょうと》になっていたやもしれぬ男と女、それを考えあわせれば興も増すというもの」

「ふふ、妻が夫に弓を引く。なるほど、洒落《しゃれ》ておるの」

「別所さま、余興ののち、茶なぞ点《た》てて進ぜましょう」

「おう、頼む」

「ただ、御下賜の茶杓をお使い申しあげたいのですが、それも叶いませぬ」

「金の茶杓か。殺された伊丹屋の内儀が携えておったと聞いたが」

「姑息にも、わたしめを下手人に仕立てあげるべく、仕組まれたのでござります。もっと早《はよ》うに雪乃の正体に勘づいておれば、茶杓を盗《と》られずに済んだものを」

「まあ、よいではないか。盗られたことは大目にみてつかわす。それより、雪乃の顔を見知らぬおぬしが、よくぞ正体を見破ったの」

「不審な挙動が気になり、鮫島さまにご相談申しあげたのでございます。これも天運、鮫島さまは御上屋敷にていちど目にとめた雪乃の顔を、はっきりとおぼえておいでになられました」

「それでか」

「はい、これは間者に相違ないと踏み、じっくり調べあげたところ」

「楢林某とか申す徒目付の娘であった」

「はい」

隣で耳をかたむけていた鮫島が、ぱんぱんと手を打った。

用人ふたりが陣幕の奥へ引っこみ、後ろ手に縛られた男を引ったててくる。

楢林兵庫であった。

厳しい拷問《ごうもん》を受けたのだろう。ざんばら髪は乱れ、両方の瞼《まぶた》は黝《あおぐろ》く腫れあがっている。

鮫島は太々《ふてぶて》しい態度で吐きすてた。

「別所さま、この男もかつては鳥落としの兵庫とまで賞揚された弓の名人でござった。なれど、いまや、落ちぶれた一介の野良犬にすぎませぬ」

「とは申せ、なんぞ狙いがあって、娘を遊白のもとへ近づかせたのであろう」

「この骨太、いかように責めても吐きませぬが、おおかた、狙いは裏帳簿にござりましょう」

「なに、裏帳簿じゃと」

「焼きすてよと命じたにもかかわらず、遊白めが後生大事に抱えておったのでござる」

「遊白、なにゆえじゃ」

悪びれた様子もなく、遊白は胸を張った。

「奥右筆組頭、森口幸太夫さまのご指示にござります」

「なあるほど、裏帳簿を担保にいたせば、将来、わが藩の勝手方より湯水のごとく賄賂を搾《しぼ》りとることができる。さように考えたのだな、ふふ、さすがは奥右筆組頭、悪知恵のはたらく御仁よ」

「ご案じなされますな。鮫島さまのご指図どおり、すでに裏帳簿は焼却いたしました」

「ん、よいのか」

「はい、詳しいことは申しあげられませぬが、早晩、森口さまは失脚いたしまする」

「ほほう」

「それゆえ、命に服する理由もなくなりました」

「ふっ、悪党め。ようはわからぬが、地獄耳の遊白だけはあるの」

「千代田のお城に座しているより、外にあったほうがよくみえることもございます」

「その地獄耳、これからも重宝させてもらうぞ」

「はは、ありがたきおことば」

はなしを遮《さえぎ》るように、鮫島がぱちんと扇子を閉じた。

「さて、そろりとはじめましょうか」

楢林兵庫は膝を折られ、地べたに頽《くずお》れた。

「父上」

雪乃が鋭く叫ぶ。

声に反応し、楢林は頤《おとがい》を引きあげた。

「ゆ、雪乃か……み、みえぬ。おまえのすがたが、ようみえぬのだ」

塞がった瞼が、視野を狭めていた。

歯をすべて抜かれ、舌に焼き鏝《ごて》まで当てられたのである。

満足に喋ることもできない。正直、生きているのも不思議なくらいだが、半死半生の父を救うべく、雪乃は半四郎を射殺さねばならない。

「不浄役人を射抜けば、父の命は助ける。助けると申しても、鮫島どの、その徒目付は人別帳からはずし、溜《ため》におくりこむのであろう」

「御意。二度と娑婆《しゃば》には出てこられますまい」

「それでも、父を救いたいとおもうのが娘の心情よな。たとい、他人の命を奪うことになろうとも」

「並々ならぬ逡巡《しゅんじゅん》はございましょう」

「さようさ。もはや、不浄役人は死する運命にあるとは申せ、みずからの手で葬《ほうむ》ることに逡巡のないはずはない。究極の選択なるがゆえに、おもしろい趣向なのじゃ。修羅場よ、修羅場。ふおっ、ふおふおふお」

別所は頬を膨らまし、梟《ふくろう》のように笑った。

突如、敷地内に怒声が鳴りひびいた。

「いつまでご託をならべてんだよ。早《はえ》えとこ殺っちまってくれ」

半四郎が柱のうえで前歯を剝き、唾を飛ばしている。

「雪乃どの、躊躇《ためら》うことはねえ、これも何かの因縁《いんねん》だ。ふっ、おれは無粋な男さ。要領も悪いし、屁は臭え。がよ、おめえへの気持ちは一途《いちず》だぜ。そいつだけはわかってほしい……さあ、殺ってくれ。好いた女に射られりゃ本望でえ。心ノ臓をばしっとな、ひと矢で射抜いてくれ」

雪乃の表情が引きしまった。

鮫島に命じられるまでもなく、黙然と重籐の弓を構え、棲白の矢を番えた。もはや、おのれの命など捨てている。脳裏にあるのは、ただ、父を救いたいという一念のみ。

端で眺める三左衛門は、空唾を呑みこんだ。

金縛りにあったかのごとく、からだが動かない。

誰ひとり、口をひらくものはいなかった。

轟《ごう》っと、海風だけが吼えくるっている。

陣幕は烈しくはためいているのに、雪乃の周辺だけは無風だった。

ぽっかりと空洞になり、そこだけが静寂に支配されている。

雪乃は七尺の弓を頭上に高く掲げ、鶴が羽ばたくように両手をひろげた。

胸をおおきく反らし、ぎりっぎりっと弦を引きしぼる。

——びん。

弾いた。

禍々しい音を響かせ、矢が空を裂いた。

「くわああ」

半四郎が絶叫した。

かっと双眸《そうぼう》を瞠《みは》り、鏃《やじり》の先端を睨みつけている。

矢は精緻《せいち》な軌跡を描き、黒羽織の左胸を射抜いた。

十一

床几に座った連中が、一斉に身を乗りだす。

刹那、左胸を射抜いたはずの矢が、すっと逸れた。

黒羽織の袂《たもと》を引きちぎり、地面に突きささったのだ。

「は、はずしたぞ」

別所が狼狽《うろた》えたように叫ぶ。

鮫島は床几を蹴り、荒武者のごとく喝《かつ》しあげた。

「女を引っ捕らえい」

と同時に、三左衛門は駈けだした。

ただひとり、番士たちと逆方向に駈け、呆気にとられる連中を尻目に磔柱へ肉薄する。

「うりゃっ」

六尺棒を振りまわし、柱のそばに控える用人ふたりを叩きのめした。

「八尾さん」

振りあおぎ、にっと笑う。

「誰かとおもえば、浅間どのか」

「お覚悟めされよ、やっ」

抜きつけの一撃、三左衛門は五寸角の栂材《つがざい》を真横に薙《な》いだ。

一尺四寸の小太刀にすぎぬが、越前康継の斬れ味は鋭い。

栂材はすっぱり断たれ、半四郎は大の字のまま仰向けに落ちていった。

「ぬおっ」

濛々《もうもう》と土埃が舞い、一瞬にして視界は閉ざされた。

敵どもは呆気にとられ、凍ったように固まっている。

土埃がおさまると、縛《いまし》めを解かれた半四郎が仁王立《におうだ》ちしていた。

すでに、三左衛門は陣幕めがけ、疾風《はやて》のように駈けている。

雪乃はとみれば、こちらも陣幕めがけて駈けだした。

遊白、伊丹屋は言うにおよばず、鮫島でさえも取りみだしている。

弓を構えた別所の配下は、矢を放つこともできない。

「ええい、射殺せ。三人とも射殺してしまえ」

別所ではなく、鮫島が憤然と怒鳴りあげた。

と、そのとき。

堅固なはずの南門が、大音響とともにぶち破られた。

巨大な丸太が、ぬっと鼻面をみせる。

「な、なんじゃ、何事じゃ」

別所は声をひっくり返し、外股《がにまた》で門のほうへ駈けだした。

「どわあああ」

凄まじい喊声《かんせい》ともども、捕り方装束の連中がどっと雪崩《なだれ》こんでくる。

「のわっ」

別所は仰けぞりながらも、腰の刀を抜きはなった。

「控えよ」

与力の叱責が響き、捕り方の垣根がさあっと左右に割れた。

後方から馬蹄《ばてい》の音が聞こえ、煌《きら》びやかな陣羽織を纏った人物が馬首をゆったり寄せてくる。

差縄《さしなわ》を握り、自慢げに鹿毛《かげ》の轡《くつわ》を曳いているのは、なんと仙三であった。

「南町奉行、筒井紀伊守さま、お成りである。おのおの方、控えませい」

与力の一喝《いっかつ》に平伏《ひれふ》す悪党どものなかで、別所と鮫島だけは肩を怒らせている。

別所は、顳顬《こめかみ》をひくつかせながら憤激した。

「ここは加賀藩の領内なるぞ。他人の敷地へ馬で乗りいれるとは無礼千万、赦しがたき所業なり」

「別所どの、悪あがきはおよしなされ」

馬上から、優しげな声が投げかけられた。

「ぬわにっ、加賀百万石を愚弄《ぐろう》する気か」

別所のひとことに、筒井の口調が一変する。

「黙らっしゃい。もはや、うぬらの悪行は明々白々、そこにおる伊丹屋がみな吐いたわ」

「なんだと」

鮫島が目を剝いた。

伊丹屋荘右衛門はあたまを抱え、その場に蹲《うずくま》っている。

「伊丹屋には抜け荷の疑いがあったのじゃ」

筒井の言を聞き、三左衛門は半四郎をみた。

半四郎はぺろっと舌を出し、すまなそうな顔をする。

のちに知ったことだが、半四郎は用部屋手付同心に抜擢《ばってき》された初仕事として、筒井紀伊守より伊丹屋の抜け荷探索を命じられた。命じられたといっても、半四郎が悪事の臭いを嗅ぎつけ、伺いを立てたのである。

一味の背後に黒幕が控えていると読み、半四郎は伊丹屋へもちかけた。「訴人《そにん》をやれば罰を軽減し、江戸所払いで済ませてやる」と囁いたところ、伊丹屋はあっさり鮫島隼人丞の名を吐いた。さらに厳しく追及したところ、二十日亥中《いなか》の晩、恵比須講の蔵入れがあることをも暴露した。

好機到来、遊白らを油断させるべく、伊丹屋には先導役を引きうけさせた。南町奉行所の加賀藩蔵屋敷への立ち入りは、既定の行動にほかならなかったのだ。が、潜入を試みた半四郎は、捕まってしまった。

仙三の注進により、刻限が二刻ばかり早まったことはたしかだ。おかげで、陣幕が血に染まらずに済んだ。なお、このたびの立ち入りは、加賀藩に非公式な了解をもとめたうえでの行動だった。

「別所八郎左衛門、そちの悪行が幕閣へ露顕いたせば、加賀百万石とて安泰ではない。厳しいお咎《とが》めがあるは必定。されど案ずるな、余計な波風を立てとうはない。すぐさま、次席家老の菊川勘解由《きくかわかげゆ》どのが参られよう。そちは加賀藩の定めに準じて裁かれる。おおかた、切腹は免れまい」

項垂《うなだ》れる別所の背後で、鮫島は顎を震わせている。

筒井のことばは、そちらへむけられた。

「火盗改の長官が黒幕であったとはな、お天道《てんとう》さまとて気づかぬわ。よいか鮫島、肝に銘じておくがよい。いかなる悪党も天の網からは逃れられぬ。すでに、上方より下りし樽廻船《たるかいせん》は取りおさえた。御禁制の品々、すなわち、動かぬ証拠はわがほうの手にある。神妙にいたすがよい」

「むう」

「八尾半四郎、縄打てい」

「は」

鮫島も遊白も縄を打たれ、捕り方に引ったてられた。

別所と手下どもはみな、悲運を嘆きながら地べたに蹲《うずくま》る。

筒井紀伊守は鹿毛の手綱《たづな》を引き、颯爽《さっそう》と遠ざかってゆく。

いつのまにか風は鎮まり、西の空が茜色《あかねいろ》に染まっていた。

遠くの海原に帆掛け船が走り、竿になった雁が追いこしてゆく。

悄然《しょうぜん》と佇む檜林父娘のもとへ、半四郎はゆったり歩をすすめた。

「檜林どの、おれが伊丹屋の抜け荷に目をつけたのは、あなたのご注進があったおかげです。もう何年もまえのはなしだ。当時の御目付は代わっちまったが、記録のほうはのこっていた。そいつがめぐりめぐって、おれの目にとまったんだ」

それならそうと、ひとことくらい告げてくれてもよかったものを、と、三左衛門はおもったが、恨み言を吐いても仕方ない。

半四郎のことばは、つづいた。

「檜林さん、本来なら褒美を取らせるところだがと、御奉行は仰せになられましたよ。どんな理由であれ、あんたはひとひとり殺している。そいつを不問にするかわりに、褒美を取らせるわけにはまいらぬと」

檜林兵庫は、黙然とこうべを垂れた。

「かたじけのう存じまする」

と、替わりに雪乃が応じ、深々とあたまをさげる。

「よせやい、他人行儀な物言いはよ」

半四郎は、恥ずかしそうに顔を赤らめた。

すかさず、雪乃がやりかえす。

「八尾さま、わたくしが、わざと矢をはずしたと勘違いなさっておりませぬか」

「へ」

「はっきりと申しあげておきます。あれは狙ってはずれたのですよ」

「な、そうだったのか」

半四郎はがっくり肩を落とし、雪乃は片頰で微かに笑った。

純情な不浄役人の横顔を、三左衛門は盗み見た。

この男、まだ恋病みが癒えておらぬらしい。

そのことが可笑《おか》しくもあり、羨《うらや》ましくもあった。

双葉文庫

さ-26-31

照《て》れ降《ふ》れ長屋《ながや》風聞帖《ふうぶんちょう》【三】

遠雷雨燕《えんらいあまつばめ》〈新装版《しんそうばん》〉

2020年1月19日　第1刷発行

【著者】
坂岡真《さかおかしん》

【発行者】
箕浦克史
【発行所】
株式会社双葉社
〒162-8540 東京都新宿区東五軒町3番28号
［電話］03-5261-4818(営業)　03-5261-4833(編集)
www.futabasha.co.jp
（双葉社の書籍・コミックが買えます）
【印刷所】
株式会社新藤慶昌堂
【製本所】
株式会社若林製本工場

【表紙・扉絵】南伸坊
【フォーマット・デザイン】日下潤一
【フォーマットデジタル印字】飯塚隆士

ISBN978-4-575-66977-0 C0193
Printed in Japan